LES ROMANS CHOISIS

SÉDUCTRICE

par

ALLIX DALMONT

75 c.

L'OUVRAGE COMPLET

ALLIX DALMONT

1916

SÉDUCTRICE

I

Tout en dépouillant le courrier du matin, M. André Laguillermie s'entretenait avec son factotum.

— Je suis sûr, mon cher Duvernel, dit-il en levant une seconde sa tête grisonnante, je suis sûr que vous éprouvez la même inquiétude que moi.

Depuis un instant, Fernand Duvernel s'était mis à parcourir, distraitement d'abord, les lettres destinées au panier.

Il fut quelque temps sans répondre, absorbé par une très longue missive que son patron avait rejetée avec humeur.

Enfin, sur un ton de froideur en contradiction avec ses paroles, il dit :

— En effet, les chiffres d'accord avec l'épure sont là, indiscutables ; et cependant...

— Cependant, acheva M. Laguillermie, nous avons une sorte de fièvre qui nous tiendra jusqu'à ce que nous n'aurons pas vu le moteur fonctionner.

M. Laguillermie, lui, était bien, comme il le disait, enfiévré par l'attente.

Sans remarquer l'espèce de détachement de Fernand Duvernel, il s'était levé. Il se dirigea vers la fenêtre donnant sur l'atelier. Et, de ses gros doigts qui ont jadis manié le marteau et la lime, il battit contre la vitre une marche à sa façon — la marche de l'impatience. Ses yeux, parcourant d'un regard de maître le vaste hall où plus de deux cents hommes travaillaient, s'arrêtèrent vers le fond sur un groupe de monteurs en train d'assembler les pièces du nouvel appareil.

Il se retourna brusquement, comme Duvernel, pris d'un enthousiasme passager, précisait leur pensée commune :

— Alors seulement nous pourrons enfin dire : « Nous avons trouvé le moteur ! »

— « Nous avons trouvé »... releva vivement M. Laguillermie, « nous avons trouvé ! » Décidément, mon cher, vous y tenez ? Comme si le moteur n'était pas exclusivement votre œuvre !

Fernand Duvernel, assis en face de son patron, le contempla un instant d'un regard mélancolique.

Depuis huit ans — il est entré à vingt-deux ans chez Laguillermie, comme dessinateur — un attachement réciproque s'était établi entre eux.

De la condition d'ouvrier mécanicien, M. Laguillermie s'est élevé à une des plus hautes situations dans l'industrie française. Ingénieur, non point de par un brevet, mais de par ses travaux, il a fait faire un pas de géant à l'aviation. Inventeur, millionnaire et chevalier de la Légion d'honneur, il est l'homme qui doit tout à son travail et à son intelligence des affaires. Pouvait-il manquer de distinguer son jeune dessinateur, dont les brillantes facultés, l'amour du travail et de l'étude, les aptitudes mathématiques annonçaient une personnalité d'élite ?

Des travaux communs, des perfectionnements trouvés en collaboration resserrèrent les liens, firent du patron et de l'employé deux amis.

Laguillermie, veuf depuis dix ans, n'avait pas de fils, — un chagrin que compensait bien juste l'existence d'une fille adorée. Cet empereur de la mécanique moderne avait vaguement songé à faire de Fernand le continuateur de son œuvre, une sorte de fils adoptif chargé de porter et de transmettre à son tour le titre d'impérator, de maintenir intact l'empire du premier César !

Faute de le satisfaire, on veut au moins tromper le désir inné de descendance. On ne saurait avoir fait fortune ni s'être fait un nom sans désirer de léguer l'un comme l'autre.

Des maisons concurrentes grandissaient à côté de la maison Laguillermie, mais il semblait au célèbre mécanicien qu'elles devraient continuer de reconnaître la suprématie de la maison Laguillermie-Duvernel ! Et des projets d'association roulaient dans sa tête. Le moment approchait de les exécuter.

A quelques mots échappés au patron, l'employé, depuis un certain temps, avait deviné ces projets. Mais aucune parole précise ne l'avait encore mis à même de déclarer son intention formelle de refuser.

Car il refuserait.

Il avait même résolu de quitter la maison. Et s'il ajournait sa rupture, c'est que M. Laguillermie comptait sur lui pour préparer et effectuer l'installation des machines qu'il se proposait d'envoyer à l'exposition de Rotterdam où le moteur aiderait sûrement à remporter le grand prix. A son retour de Hollande, il se déciderait à parler. Mais comment se tirerait-il de cette pénible déclaration ? Laisserait-il croire à son ingratitude envers un homme qui, depuis longtemps déjà, le traitait comme un fils : donnerait-il une raison futile de sa détermination ou en avouerait-il le motif véritable ?

C'est à toutes ces choses que le jeune homme songeait quand son patron se leva pour retourner à la fenêtre, car il pensait, lui, au moteur dont le montage tirait à sa fin.

— Il est temps de descendre, dit tout à coup M. Laguillermie en se frottant les mains. Le chef d'atelier me fait signe. Il est rayonnant, mon vieux Toussaint ; c'est un bon présage.

Il sonna le domestique, lui remit la correspondance pour la porter dans les bureaux.

Puis, entraînant Duvernel :

— Allons voir fonctionner le moteur, car je crois, maintenant, que nous l'avons trouvé ! »

Ils prirent leurs chapeaux et descendirent.

C'est rue de Rennes, à deux pas de la gare Montparnasse, que sont situés les ateliers Laguillermie.

On désigne ainsi une jolie construction bourgeoise à laquelle il ne manquerait que d'avoir été édifiée dans le quartier neuf du Parc Monceau pour que le passant s'y arrêtât, retenu par l'aspect d'une façade où l'on sent le parti-pris d'attirer l'attention : un petit monument !

Une plaque de marbre incarnat, au-dessous du fronton de la porte principale, fait ressortir les lettres d'or de ce nom — tout une enseigne — : LAGUILLERMIE. D'élégants cartouches, dans l'ornementation, en répètent l'initiale : un grand L en pierre.

L'atelier proprement dit est situé derrière le corps d'habitation. Ni cour, ni jardin ne l'en sépare : on a tout donné au travail. Et par les fenêtres des appartements du deuxième étage comme, au premier, par la fenêtre du bureau et du cabinet de travail du grand mécanicien, il est possible de tout embrasser d'un coup d'œil.

Au rez-de-chaussée, les bureaux de la comptabilité d'un côté, la salle de dessin de l'autre, prennent jour à la fois sur la rue et sur l'atelier.

Tel est cet établissement colossal, qui fournit aux commandes aéronautiques venant de tous les coins de la France, des grandes villes d'Europe et de l'Amérique, où il possède des dépôts, et envoie des agents actifs combattre l'influence des maisons concurrentes.

Telle est l'œuvre du travailleur de génie qui, comprenant son époque, a su lui demander tous ses moyens de succès.

Le nouveau moteur fonctionna, sous les yeux de M. Laguillermie et de Duvernel, par les soins du premier contremaître en personne.

C'était un gros homme de cinquante-cinq ans, très ventru, dont la face heureuse, à la fois bon enfant et sévère, indiquait l'esprit d'ordre et de travail, la ponctualité, le respect de la hiérarchie, qui l'ont désigné à Laguillermie comme sous-ordre de confiance.

Ils ont travaillé ensemble en 1875 comme simples ajusteurs chez Lagache.

Laborieux aussi, lui, il n'a pu mordre aux mathématiques, a dû se contenter, selon son degré d'intelligence, de devenir un ouvrier hors de pair, rebelle à la théorie savante, mais pour qui la pratique n'a point de secret. Il est un des premiers de « la partie » pour la dextérité et le coup d'œil.

Loin de jalouser son ancien compagnon à mesure qu'il s'élevait, il a toujours reconnu sa supériorité. Bien avant que Laguillermie ne fût établi, Toussaint avait dit de lui : « C'est un rude lapin ! » Et son admiration toujours croissante lui a rendu facile la soumission d'inférieur qui fait de lui le meilleur des contremaîtres, attentif aux moindres volontés du patron, et sachant commander les hommes, — tour à tour capable d'ordonner et d'obéir. C'est l'adjudant sous-officier de la caserne Laguillermie.

Quand M. Laguillermie eut fait marcher plusieurs fois le moteur, il demanda à son contremaître :

— Eh bien ! mon vieux Toussaint, qu'est-ce que tu en dis ? Es-tu du même avis que M. Duvernel, qui fait la moue et semble penser que nous n'avons pas trouvé grand'chose !...

Il tutoyait toujours celui avec qui il avait été simple compagnon ; et s'il le nommait « mon vieux Toussaint », c'était bien plutôt une manière de rappeler leur camaraderie ancienne, que par oubli des cinq années qu'il avait de plus que son contremaître.

Le père Toussaint, depuis longtemps, avait remplacé le « tu » par le « vous » que requiert le prestige. Mais il avait son franc-parler.

— Dame, répondit-il en caressant le moteur de sa grosse main noire, faut espérer que nous n'avons pas dit notre dernier mot. Mais il y a de quoi faire, et gare les commandes ! si les Anglais et les Américains y mordent...

Et le bonhomme se mit à parler avec enthousiasme de la gloire qu'il y avait pour l'industrie française à indiquer aux étrangers, surtout aux Anglais, une nouvelle économie de temps.

Mais M. Laguillermie n'écoutait plus son contremaître que d'une oreille distraite. Il était dix heures du matin. Un gai soleil de mai embellissait la rue, invitait à la promenade. L'industriel avait quelques visites d'intérêt à faire dans la matinée, et son auto l'attendait depuis une demi-heure. Mais aucune de ces courses n'était d'une urgence qui ne permît point la remise au lendemain. Il proposa donc à Duvernel de faire un tour jusqu'à midi, ce que celui-ci accepta.

Quand ils eurent pris place dans la voiture, le vieux constructeur commanda au chauffeur :

— Jusqu'à l'Arc de Triomphe, par les Invalides et l'avenue d'Antin.

Et, comme le véhicule, selon l'habitude, était tourné dans la direction du centre de Paris, il dut faire demi-tour pour gagner le boulevard Montparnasse.

Pendant cette évolution, Duvernel, tout en boutonnant ses gants, leva la tête.

A une fenêtre du deuxième étage, la seule où il dirigeât ses yeux, une jeune fille les regardait partir.

C'était Mlle Henriette, la fille du mécanicien.

Elle portait une robe du matin, de couleur claire. Le corsage en blouse, qui flottait sur sa poitrine de jeune vierge, en indiquait légèrement, à peine, les chastes saillies. Son visage espiègle était encore celui d'une enfant. Seuls, ses yeux rieurs avaient un éclat, vite réprimé, qui trahissait en elle la femme naissante, ne sachant ce qu'elle doit encore montrer de son âme de fillette. Ses cheveux châtains, auréolant son front suivant la mode, augmentaient d'une grande simplicité de coiffure l'expression virginale et naïve de toute sa personne, belle de grâce et de jeunesse.

Les yeux de Fernand Duvernel et ceux de la jeune fille se rencontrèrent.

Avant qu'il n'eût décidé à part lui s'il devait saluer, ou atténuer l'indiscrétion de son regard en affectant de ne point voir, elle avait disparu de la fenêtre.

L'auto filait. Elle avait tourné le coin du boulevard Montparnasse qui fait face à la gare, et les deux hommes n'avaient pas encore échangé une parole.

M. Laguillermie pesait une dernière fois ses projets d'association avant de s'en ouvrir à son factotum. Duvernel, incapable d'une pensée,

[illegible]

[illegible] pour les voyages [illegible] aux Coudray [illegible] d'Avain, — mon [illegible] car vous [illegible] devinez et c'est là mon but capital, j'y traiterai tous les [illegible] monde à qui je dois déjà tant et veux devoir davantage. Il faut savoir semer pour récolter. Avant dix ans, je veux qu'il n'y ait qu'une maison de construction de machines en France : la maison Laguiller.

— C'est cela que vous appelez « vous reposer », interrompit [illegible] en souriant.

— [illegible] de besogne pour un homme comme moi [illegible]

[illegible]

Sa petite galerie — dans l'appartement qu'il occupait, rue de Fleurus — contenait beaucoup de tableaux signés de noms encore obscurs. Quant aux toiles de maîtres, leurs prix excédant presque toujours les moyens de Duvernel, elles figuraient en très petit nombre dans sa collection.

Il fuyait la vie parisienne elle-même, pour laquelle, au moindre de ses gestes, à la moindre de ses paroles, on voyait cependant qu'il était né. Il semblait bouder les élégances mondaines, leur tenir rigueur de quelque déception, sans pouvoir au fond se défendre d'un reste de tendresse pour elles. Et quel que fût son parti-pris d'y paraître étranger et indifférent, elles lui inspiraient parfois des enthousiasmes de mondain qui avaient fait dire au vieux constructeur : « Fernand est le Parisien malgré lui ».

En ce moment, M. Laguillermie se rappelait ce mot, et souriait à son tour en écoutant Duvernel, qui, sous le charme dont le pénétrait ce bijou d'architecture, qu'il lui avait suffi d'entrevoir, improvisait un plan de décoration merveilleux.

Quand le jeune homme eut achevé :

— Inutile de vous dire, s'écria l'industriel, que, le moment venu, je vous demanderai de vous souvenir de tout cela. Car, entre nous, je n'y entends pas grand'chose. Je compte sur l'artiste qui est en vous pour mon installation.

Et, comme Fernand se récusait :

— Ne vous ai-je pas déclaré, tout à l'heure, que je désirais trouver un associé qui travaillât pour deux ? Mais, mon ami, ce collaborateur sur qui se reposeront mes soixante ans sonnés, à qui je veux confier la part la plus rude dans la tâche de maintenir par des perfectionnements nouveaux la supériorité de notre maison, — cet oiseau rare, c'est vous !... Vous à qui je demanderai en outre, après avoir repassé la grosse besogne de ma maison de la rue de Rennes, de m'aider de votre goût si sûr, de votre science innée du beau, pour émerveiller Paris dans mon hôtel de l'avenue d'Antin !

M. Laguillermie s'attendait à une explosion de joie de la part de son factotum. Il s'était renversé en arrière sur les coussins de l'auto, se préparant à jouir de l'effet, attribuant la lenteur qu'il mettait à se produire au saisissement de Duvernel.

Il fut abasourdi quand le jeune homme, se tournant à demi pour lui prendre les mains, dit d'une voix qui sortait avec peine :

— Je vous remercie, mon cher Laguillermie, votre proposition me touche. Mais... je ne puis l'accepter.

La voiture dansa sur ses ressorts au bond que fit le mécanicien, revenu de son abasourdissement.

— Ah çà ! Etes-vous devenu fou ? s'écria-t-il presque en colère.

Puis, comme frappé d'une lueur subite :

— J'y suis, vous voulez vous établir ! Le moteur vous a ouvert les yeux sur vos aptitudes et vous songez à tirer parti pour vous seul, dorénavant, de vos inventions ? Je ne vous blâme pas. J'en ferais autant à votre place, si, comme vous, je croyais y voir mon avantage..... J'allais, cet après-midi, adresser au ministère du commerce la demande de brevet pour notre moteur... Maintenant, il redevient vôtre. Vous verrez ce que vous en ferez, seul !

Duvernel n'avait pas essayé de l'interrompre.

Il combattait en lui-même la tentation de laisser croire à ces projets d'établissement. Il eût ainsi évité toute explication et terminé d'un coup.

Les dernières paroles du vieux mécanicien lui firent abandonner cette tactique, à laquelle il répugnait d'ailleurs.

— Le moteur appartient à la maison Laguillermie, dit-il. Je l'ai trouvé, c'est vrai. Mais, c'est « à votre temps », comme on dit à l'atelier, c'est payé par vous, que j'ai pu me consacrer aux recherches. Et, sans votre science, dont j'ai profité, sans les documents de votre bibliothèque, sans votre matériel qui m'a servi pour les essais, qu'aurais-je donc trouvé ?... Du reste, je ne songe point à m'établir.

— Mais alors !..

— Pourquoi je refuse l'association ? Hélas ! mon cher patron, vous me forcez à vous faire connaître trois mois trop tôt la nécessité où je suis de vous quitter. Oh ! rassurez-vous ; je tiens à remplir la mission dont vous me chargez à l'Exposition de Rotterdam, et dans huit jours je

— Moi, je ne me rappelle qu'un événement depuis le mois de décembre dernier — un événement dont vous aviez semblé vous réjouir autant que moi : Henriette, sortie du couvent, revenue enfin parmi nous.

Une vive rougeur envahit le visage de Fernand.

Le jeune homme balbutiait des mots inintelligibles, que le vieux mécanicien traduisit cependant, car il reprit, en baissant la voix :

— J'ai enfin deviné, n'est-ce pas ? L'amitié pour la petite fille d'il y a huit ans s'est transformée : voilà que c'est maintenant... de l'amour.

Il garda un instant le silence.

Mademoiselle Henriette la fille du mécanicien (page 3).

— Certes ! Si, comme dans les comédies, je me choisissais un gendre, je n'hésiterais pas à vous dire : Restez ! Mais, précisément, je désire même de vous voir retenu auprès de moi par un lien de plus, m'interdire toute intervention... Je ne me pardonnerais jamais d'avoir, même involontairement, pesé sur les inclinations de la chère enfant du poids de ma sympathie personnelle. Voilà un cas de conscience !... Le père doit en sortir victorieux, et l'ami sûr d'être pardonné. Quant à l'industriel, il s'efface.

Et, sur un ton grave :

— Fernand, je ne puis qu'approuver vos projets de rupture. Rester serait peut-être vous exposer à souffrir. Henriette est d'ailleurs bien [illegible] très heureusement, l'exposition de Rotterdam nous donne trois ou quatre mois [illegible] en Hollande, mon ami [illegible] décisions, n'oubliez pas [illegible]

Cette conversation [illegible] engagés dans le bois de Boulogne [illegible]

L'auto, depuis dix minutes [illegible] Fernand arrêta la voiture.

— Je me sens un peu fatigué de mes dernières veilles, dit-il. M'excuserez-vous si je vous laisse rentrer seul ? Le temps est magnifique, la verdure, le grand air me retiennent, par ce beau soleil. Et puis...

Il n'achevait pas. Le vieux mécanicien devina.

— Vous avez besoin d'un peu de solitude, mon ami [illegible] comprends.

Et, en serrant de nouveau la main du jeune homme, qui était descendu de la voiture :

— N'oubliez pas, cependant, que nous avons trois mois devant nous ! que je suis pour vous un allié, malheureusement forcé de rester neutre, [illegible] pour votre bonheur !

[illegible] s'enfonçait seul dans un che[illegible]

[illegible]

[illegible] avait deviné [illegible] c'est que Fernand ne voulait point [illegible] dont il ne pouvait [illegible] pourquoi qu'il arrivât à fuir la maison du mécanicien [illegible] de naître. Et il n'était pas [illegible] Quant à le croire partagé, il [illegible]

[illegible] connaît à peine dix-sept ans [illegible] montrait encore [illegible]

[illegible] des rares fois qu'il avait accepté qu'on lui [illegible] comme tout à l'heure encore [illegible] la voiture s'était éloignée, il avait surpris [illegible] rougeur, révélant que sa petite amie [illegible] de n'être plus désormais, pour [illegible] très réservée, presque froide, connaissant tous ses devoirs de jeune personne bien élevée.

Il était possible que cette enfant, dont la mémoire de vierge ne pouvait guère évoquer d'autre image masculine que la sienne, eût fait de lui dans ses rêveries de fillette, la personnification de l'inconnu qu'on essaie de se figurer [illegible] et vagues idées de mariage [illegible] désiré.

Cela, Fernand [illegible]

Mais il pensait que [illegible] quelques apparitions de la jeune [illegible] la foule des adorateurs [illegible] parisienne.

[illegible]

gens d'intérêts divers, faits d'indifférences réciproques. Cela ne comptait pas plus dans sa vie, qu'une promenade en un lieu public, un jour où il y aurait eu trop de promeneurs.

» Il n'en serait pas de même lorsqu'elle paraîtrait à un bal ou à une soirée plus intime. Quelque beau cavalier la distinguerait et se ferait distinguer... Alors la jeune fille aimerait véritablement et oublierait tout à fait « son ami ».

Mais, lui, oublierait-il Henriette ?

Il avait une défaillance à effacer de ses propres souvenirs ; et, livré au seul jugement de sa conscience d'enfant du siècle, sans croyances, sans joug religieux, il avait cru pouvoir demander à une vie de labeur obscur, mais utile, ce que d'autres demandent au tombeau du monastère, où la prière tient peut-être trop de place : la paix de l'âme par l'oubli du passé. Et, jusqu'alors, il avait presque obtenu l'oubli. A peine se souvenait-il, comme d'un rêve qui s'évanouit avec les brumes du réveil, des deux ans de désordre pendant lesquels, à l'instar de ces grands amants dont les faiblesses trouvent des défenseurs devant la postérité, il avait adoré une femme... jusqu'à...

Mais il ne voulait pas se le rappeler, même tout bas !

N'allait-il pas briser son existence renouvelée, pour n'être pas fort [illegible] souvenir ?

Cependant, cet amour, naissant aujourd'hui en son cœur meurtri par un premier amour qu'il avait cru devoir être le seul de sa vie ; cette passion chaste, toute différente, à laquelle les sens ne prenaient qu'une part infime, d'où étaient exclues les illusions folles de la vingtième année, cette passion d'une vie nouvelle avait poussé déjà de profondes racines.

Henriette — enfant d'abord, puis fillette, enfin, presque sans transition, femme — était le seul être féminin sur qui il avait depuis huit ans reporté son affection d'homme tendre au fond et s'abusant lui-même lorsqu'il s'était dit qu'il n'aimerait plus.

M. Laguillermie n'était pas encore le millionnaire d'à présent. Il voyait poindre seulement la réussite. Ses ateliers, alors situés rue Vaneau, étaient plus modestes ; son intérieur gardait les traces d'une gêne relative d'entrepreneur forcé de compter les sous. Le patron, alors, endossait encore la veste, dans les moments de presse, et limait à l'étau. Une moins grande distance le séparait de son personnel. Henriette — Liette, comme on l'appelait alors, en souvenir de la façon enfantine dont elle avait un jour, à trois ans, prononcé son nom, — courait dans toute la maison, sans avoir l'air de soupçonner seulement qu'elle serait un jour une demoiselle accomplie, une riche héritière.

Liette avait neuf ans environ quand l'inventaire de fin d'année apporta à l'industriel la preuve certaine que le million, auquel il adressait depuis longtemps des risettes, ne tarderait pas à tomber dans sa caisse avec la promesse certaine d'être suivi de plusieurs autres. Alors la maison de M. Laguillermie allait devenir trop petite ; il fallait l'agrandir.

Ce fut alors que le petit monument de la rue de Rennes s'éleva.

Comme Liette aurait pu s'y attendre, — si à cet âge on s'attendait à quelque chose ! — son entrée au Sacré-Cœur fut résolue.

Tante Lise, prenant peut-être trop au sérieux en cette circonstance son rôle de mère, faible aussi, plaida en faveur de l'enseignement privé. La cause de Liette fut gagnée : l'étude à la maison prévalut pour quelques mois encore.

Une année délicieuse s'ensuivit. Fernand était devenu membre adoptif de la famille. Henriette faisait des prodiges comme écolière. Tante Lise triomphait longuement de sa victoire remportée sur le couvent pour lequel elle n'avait d'ailleurs aucune aversion, étant très religieuse.

M. Laguillermie voyait le bonheur installé chez lui et le succès énorme s'annoncer à l'horizon ; et il se prenait d'une amitié inébranlable pour son dessinateur, son futur associé, celui qui, dans l'avenir, devait l'aider à faire de sa maison de construction la première de l'Europe, la seule en France !

Liette et Fernand vécurent d'une existence où les moindres faits devaient graver simultanément dans leurs deux âmes des souvenirs durables.

Duvernel, par un besoin d'aimer, [illegible], avait usurpé les privilèges paternels de l'ex-ouvrier, de nature un peu trop positive. Suppléant le père, qu'absorbait presque tout entier l'ambition des richesses,

Deux mains gantées de blanc, peut-être un peu plus finement qu'à l'ordonnance, saisirent les mains de Duvernel.

Il y eut dix secondes d'effusion muette. Les deux jeunes gens, ayant trop de questions réciproques à se faire, ne pouvaient articuler que des exclamations.

Enfin, les interrogations se croisèrent, se heurtèrent.

— Dans quelle cave te caches-tu depuis neuf ans ?

— Pour combien de jours à Paris ?

— Serais-tu retiré en province, marié à quelque beauté de département ?

— A quel hôtel es-tu descendu ?

— Peut-être en escapade, vertueux provincial ?

— Tu disposes de ta journée ?

— A propos !... Et Jeanne Dorins, la belle Jeanne ? Sait-on ce qu'elle...

Le capitaine s'arrêta court, mordit sa fine moustache noire.

A neuf ans de distance, il avait oublié !...

De toute sa vie, Fernand ne pourrait entendre prononcer ce nom sans changer de couleur. Sa pâleur, en ce moment, témoignait du coup qu'il venait de recevoir.

— Mais d'abord, reprit le jeune officier, pour faire diversion, tâchons de résoudre ce problème : causer tranquillement, sans pour cela tomber d'inanition. Je n'ai pas déjeuné. Et toi ?... — Non plus. — A merveille ! Où déjeunes-tu, alors ?

Fernand étendit la main au hasard, dans la direction du « Châlet des Lacs », qu'on apercevait au bout de l'allée.

— Seul ? interrogea le capitaine.

— J'espère bien que non, puisque te voilà, dit Fernand.

Dix minutes après, les deux amis, attablés au premier, près d'une fenêtre ouverte sur les lacs, attaquaient les hors-d'œuvre pendant que le maître d'hôtel leur versait le vin de Grave.

— Voyons ! dit l'officier, à qui sa nature exubérante faisait un besoin de parler. Il faut cependant que l'un de nous deux commence. Etablissons le bilan de notre amitié. Sûrement, c'est toi le débiteur !

— Parbleu ! si c'est toi qui fais le compte, dit Duvernel en souriant.

Le capitaine reprit :

— Après notre vie de garçon — qui fut un tantinet contrariée par nos familles, ce me semble — je songeai à être quelque chose dans la société, à me rendre utile. C'est un devoir qui incombe à tous, mais surtout aux privilégiés de la fortune et du savoir.

Fils d'un très riche armateur du Havre, Antonin Dorfert était le type accompli du fils de famille prouvant que les favorisés de la fortune ne méritent pas tous le reproche de « n'avoir eu que la peine de naître ».

Sur les bancs du lycée, où Fernand et lui offrirent la vivante reproduction des Deux amis de Collège, « à Polytechnique », où ils se retrouvèrent et où s'affirma entre eux une véritable fraternité, il fut ce qu'on appelle un « piocheur ».

Pendant quelques mois seulement, emporté par la fougue de la vingtième année, et peut-être aussi entraîné par son amitié pour Duvernel, il donna quelques craintes à sa famille. C'était l'année de l'Exposition de 1900 : les deux jeunes gens s'étaient mis à « faire la fête ». La brusque disparition de Fernand, quittant Polytechnique, au milieu de ses études et parti, disait-on, en Espagne, avec une nommée Jeanne Dorins, sa maîtresse, l'avait rendu à son amour du travail, à son ambition militaire.

Depuis lors, soit en Algérie, où il avait passé trois ans, soit dans les garnisons de France, il s'était mis au travail, préparant un chef à la France, et rien ne lui était étranger de ce qui touche à la guerre.

Fernand avait rappelé tout cela, en suivant le jeune officier de garnison en garnison, comme s'il l'eût accompagné pas à pas depuis huit ans.

— Pour compléter la partie chronologique de cette biographie, glissa le capitaine, n'oublie pas — point très important, car j'espère que nous allons nous voir souvent — n'oublie pas que, depuis le mois dernier, le 101e a élu domicile à la caserne du Château d'Eau. Me voilà redevenu Parisien de Paris pour quelques mois, s'il plaît au ciel et... au ministre de la Guerre.

La conversation ne les empêchait pas de faire honneur aux services qui se succédaient sur la table. Et, dans ce déjeuner de garçons, affranchi du décorum, les deux amis buvaient sec, — surtout le militaire. Le sommelier montait la deuxième bouteille de Saint-Estèphe.

— Pour en revenir à nos comptes, dit le jeune capitaine, tu n'es pas excusable, mon cher. Comment ! tu sais où je suis, et tu ne daignes pas, pour moi, sortir de ta cachette ! Si du moins tu avais eu le soin de passer pour mort ! Mais non. A chacun de mes congés, lorsque je demandais après toi, c'était l'un, c'était l'autre, qui me disait : « On l'a vu, il existe. Mais, où terre-t-il ? Voilà le hic ! Il est devenu d'un sauvage ! »

Un pli de tristesse barrait le front de Duvernet.

Antonin, qui songeait à la raison secrète de cette sauvagerie, avait bien envie de serrer son ami dans ses bras et de lui dire : « Je connais ta faute, va ! Mais je sais aussi comment tu l'as réparée. Crois-tu donc que je serais encore ton ami, si tu n'étais à mes yeux un honnête homme ? »

Au dessert, la gaîté avait repris tous ses droits.

Les deux amis s'étaient prouvé réciproquement qu'ils n'avaient cessé de penser l'un à l'autre, quoiqu'ils se fussent perdus de vue.

Comme un métal précieux, leur amitié avait résisté à l'oxydation des années : ils la retrouvaient telle que jadis, toute miroitante encore du beau reflet doré de leur prime jeunesse.

Duvernet avait assuré à son ami que sa vie, depuis leur séparation, pouvait se résumer en quelques mots. Entré comme dessinateur chez un constructeur qui, depuis une dizaine d'années, s'occupait surtout d'aviation, — il ne songeait même pas [illegible] — il s'était mis à travailler pour gagner sa vie d'abord, puis il avait pris goût à la mécanique industrielle, à tel point que, par la suite, — la fortune venue après la mort de son père, — il était resté chez son mécanicien, tout bonnement. Mais il allait le quitter bientôt, néanmoins, désirant voyager.

— Et pas un amour ? interrogea le capitaine.

— Ma foi non, dit Fernand avec un geste voulu d'indifférence.

Il n'avait point parlé d'Henriette.

— Pas même une amourette ? insistait Dorlet.

Et comme Fernand lui répondait, pour s'en tirer, par quelque plaisanterie permise entre garçons, le capitaine s'écria :

— Eh bien ! moi, mon cher, je crois que je suis pincé.

Ils venaient d'allumer leur cigare après avoir achevé leur café.

— Tiens, marchons, dit Antonin en se levant. Je te conterai cela [illegible] dans le silence de quelque allée déserte. Car il [illegible]

Ils payèrent et sortirent.

Le capitaine s'était avoué amoureux d'une manière un peu romanesque. Il ne connaissait point la jeune fille dont le souvenir le hantait. Il ne l'avait vue qu'une fois.

Était-ce bien sûr qu'il l'aimât ? Lui-même semblait en douter. Pourtant :

— Ah ! mon ami ! Moi qui me suis tant moqué du « coup de foudre », de « l'étincelle » ! Oui, je ne l'ai vue qu'une fois, il y a trois semaines, au dernier bal de l'Élysée. Elle était pourtant entourée de femmes ravissantes entre lesquelles j'eusse hésité fort perplexe, s'il m'avait fallu indiquer une préférence. Toutes me séduisaient par leur élégance, leurs grâces provocantes, ou savamment modestes, par le charme exquis de leurs moindres gestes, délicieusement coquets ; les unes parce qu'elles étaient brunes et vives, les autres parce qu'elles étaient blondes — sans oublier de se montrer rêveuses. Je les aurais adorées toutes ! Toutes, femmes ou jeunes filles, vraiment Parisiennes, ma foi ! — et cela d'instinct. Séparément, une à une, elles m'eussent rendu fou de passion. Mais elles étaient trop nombreuses. Elle, lorsque je l'eus découverte dans cette foule enivrante, m'apparut unique, [illegible] qu'elle. Figure-toi pour le visage l'œuvre d'un Raphaël [illegible] sur les bords de la Seine, un Raphaël dont l'inspiration [illegible] reçu l'empreinte de la beauté française. C'est la pure [illegible] de la Vierge, presque enfant. — En un mot, mon cher, [illegible] jusqu'à sa coiffure, malgré une toilette [illegible] qui laissait [illegible] abondantes tresses de cheveux châtains, piqués d'une [illegible] lette ! t'en parlerai-je ? Je ne la voyais pas, d'abord. Mais, autour de moi, on en admirait tant la simplicité élégante, qu'il me fallut bien la remarquer. Sur sa robe de satin blanc, chastement montante, une écharpe faite de roses naturelles — des roses de Nice, d'une pâleur carnée, délicate.

— Sais-tu qui... était cette jeune... personne ? interrompit Duvernel en bégayant.

Dorfert, entièrement pris par sa vision, n'apercevait pas le trouble de son ami. Il dit, sur un ton tranquille :

— Comment ! je ne te l'ai pas nommée encore ? Du reste, à quoi bon ! Il ne s'agit point d'un de ces noms que tout Parisien se doive à lui-même de connaître. Le père est un industriel quelconque. Je ne sais même plus trop ce qu'il fabrique...

— Son nom ! demanda encore Fernand, qui laissait paraître, malgré lui, une impatience fébrile.

— Mademoiselle Henriette Laguillermie.

— Je l'avais reconnue, murmura Duvernel, la gorge serrée.

Puis, sur un ton enjoué, avec un sourire où le capitaine aurait dû remarquer un léger tremblement des lèvres :

— Voilà qui est délicieux !... Délicieux !

Antonin, très intrigué, questionnait.

Alors, Fernand, se faisant violence :

— Mais, c'est la fille de mon patron, que tu...

Il allait dire : « que tu aimes. » Il corrigea, bégayant encore :

— Que tu as vue... à l'Elysée.

Ce fut par une explosion de joie bruyante que le jeune capitaine accueillit cette révélation.

— Et moi, qui depuis trois semaines cherche un moyen décent de m'introduire dans la place ! Tu me présenteras, mille tonnerres !

Puis frappé d'une idée subite :

— Ne m'as-tu pas affirmé tout à l'heure que tu n'aimais point ? Comment peux-tu ne pas l'aimer ?

Duvernel, maintenant tout à fait maître de lui, répondit en riant :

— Le coup de foudre, mon cher ! Le coup de foudre ! Ses effets sont des plus bizarres. Quand le tonnerre éclate, ce sont les plus exposés, souvent, qui sont épargnés...

Dorfert lui saisit les mains, en une étreinte vigoureuse. Et il s'écria :

— Ah ! Tant mieux !... que tu aies été épargné !

Tout à coup, sans s'accorder le temps de réfléchir, il dit à Dorfert :

— Quand veux-tu que je te présente ?... Je te présenterai quand tu voudras.

Ils convinrent du jour, très rapproché, Fernand n'ayant plus qu'une semaine à rester à Paris.

Il parlait maintenant de son voyage à Rotterdam. Il en dit le but, la durée probable : trois mois environ.

— Hé ! hé ! trois mois ! il se pourrait bien, mon ami, qu'à ton retour... Mais n'anticipons pas. Il ne faut jamais compter sans ses hôtes. Plairai-je à Mlle Laguillermie ? Et, si je lui plaisais, la gloire militaire, cette maîtresse exigeante qui a su, avec de belles promesses pour l'avenir, me garder tout entier jusqu'ici, m'accaparer corps et âme, me permettrait-elle... ce qu'on appelle une fin ?

Instinctivement attirés par l'aimant mondain, ils étaient venus achever leur promenade de digestion sur la route de Longchamp.

Tout à coup, un mouvement se produisit, au loin, dans la foule. Des gens s'arrêtaient, se retournaient. On se montrait un équipage. Sur la piste, un cavalier, changeant de main brusquement, caracola. Dans quelques landaus, des têtes se penchaient en arrière ; des chapeaux se soulevèrent.

Et, dans une vague rumeur, à travers mille regards braqués, une femme, toute vêtue de satin « violette de Parme », passa en demi-daumont, dédaigneusement triomphante, superbe, laissant derrière elle, dans un sillage d'admirations, l'éblouissement de sa chevelure d'or fauve, fulgurante.

— Jeanne Dorius !... La Doria ! dirent des voix autour de Fernand et d'Antonin.

Tout à côté d'eux, un jeune homme assujettit son monocle, puis, de son œil libre, — celui qui voyait, — cherchant des visages étonnés de ce qu'il allait dire :

— Cent louis qu'avant un an, la fière Doria est ma maîtresse !

[illegible]

III

[illegible] bureau du mécanicien en chef [illegible] rond [illegible]

[illegible] le perron de la porte, tournant vers son [illegible] d'indiscrétions enfantines [illegible]

[illegible] avons le grand prix à Rotterdam ! [illegible] dans trois jours [illegible] de départ [illegible] train de [illegible]

Henriette [illegible]

[illegible]

— Je suis un homme pratique, dit en riant M. Laguillermie.

Henriette éclata d'un rire frais et jeune, où son père crut bien, cependant, découvrir une nuance de dépit.

Quelques instants après, on l'entendait dans le salon, étudier au piano la mélodie en vogue : « La Chanson du Chêne ».

— Elle a attrapé ça du coup, la mâtine ! murmura-t-il en écoutant sa fille plaquer les derniers accords.

— C'est qu'elle en raffole, de cette romance ! dit tante Lise. Elle trouve, par exemple, que le jeune homme qui la chantait l'autre soir manque de moyens pour ce morceau. M. Fernand, avec sa belle voix de baryton, disait-elle, l'enlèverait d'une autre façon ! Elle parle de la faire transposer ; inutile de dire que c'est à l'intention de M. Fernand.

Jeanne Dorius !... La Doria ! *(page 13).*

— M. Fernand ! dit le mécanicien, toujours M. Fernand ! Décidément... Voyons, Lison, pendant qu'Henriette est par là, causons un peu...

Il apprit à tante Lise ce qu'il avait découvert quatre mois auparavant, en forçant Duvernel aux aveux : le jeune homme aimait Henriette. Si Henriette l'aimait, parbleu ! tout irait comme sur des roulettes ! Il exposa son plan d'association, impossible sans le mariage...

Sa sœur lui reprocha « cette cachotterie », de ne lui avoir soufflé mot de tout cela depuis si longtemps.

— N'en rien dire à Henriette, très bien, dit Lise en l'arrêtant. Mais à moi !...

La porte du salon, où depuis un instant on n'entendait plus le piano, s'entrebâilla ; et la tête mutine et gaie d'Henriette apparut :

— On cause, par ici ? J'y reviens !

— Non, laisse-nous, mon enfant, dit Laguillermie. Nous avons à dire des choses qui n'intéressent pas les demoiselles.

Deux secondes, les yeux de la jeune fille allèrent de son père à sa tante, de sa tante à son père. Elle rougit légèrement [illegible].

Tante Lise reprenait [illegible]

— Eh bien [illegible] en parler [illegible] entre lesquels — le démon l'emporte, tout charmant [illegible] Dorius [illegible] place [illegible] très [illegible] aujourd'hui probablement [illegible] le coup décisif [illegible] toujours [illegible] avoir [illegible] pour en [illegible] m'avais [illegible] que M. Fernand [illegible] prononcé.

— Le pauvre garçon, dit M. Laguillermie, m'a écrit certaines lettres pour moi seul, où cette froideur s'explique. Il est facile d'y lire entre les lignes qu'il est jaloux du capitaine Dorfert.

— On n'est pas plus [illegible] remarqua avec vivacité [illegible] mécanicien. Est-ce qu'on introduit ainsi un concurrent [illegible] à penser qu'on n'aime pas.

— Heureusement que depuis quatre mois les affaires du capitaine n'ont guère avancé, autant que j'ai pu voir, sans m'en mêler.

— Oh ! pas d'une enjambée de fantassin ! Il ne nous reste qu'à souhaiter au capitaine meilleure chance à la guerre.

Dans le salon, Henriette s'était remise au piano. Mais c'était bien plutôt pour « faire du bruit », pour s'empêcher, par discrétion, d'entendre ce qui se disait dans la salle à manger.

M. Laguillermie tira son chronomètre et dit :

— Il faut que je parte, ma bonne Lison. J'ai un rendez-vous pour deux heures, et il est deux heures moins vingt-sept...

Il se leva et sortit.

Henriette ferma le piano, brusquement, et alla s'asseoir près de la fenêtre du milieu, à la table de couture en bois des Îles incrustée de [illegible] arabesques de nacre.

Tante Lise vint prendre place à côté d'Henriette [illegible] sa rêverie.

La jeune fille tourna vers la veuve un visage [illegible] où luisaient deux yeux très questionneurs. Mais, sur le point de hasarder quelque interrogation indiscrète, elle se contint.

Tante Lise souffrait parfois de malaises inexplicables [illegible]

Soudain, une voiture s'arrêta en bas. Tante Lise devina l'arrivée du docteur.

— [illegible] je vais faire [illegible]

— Mais, ma bonne tante [illegible]

— Chut ! le voici [illegible] quoi que je dise, ne va pas me contredire.

La bonne annonça :

— M. le docteur Castagnac.

Le vieux médecin vint saluer [illegible] ces dames.

Après avoir pris un siège, il se mit à causer de choses et d'autres... Il parla de la pièce nouvelle du Gymnase, de l'énorme succès, dans le rôle de l'héroïne, de Jeanne Dorius, une artiste merveilleuse, d'une beauté ensorcelante, qu'il ne s'expliquait pas qu'on eût laissée si longtemps — jusque presque la trentaine — végéter, obscure, dans les utilités.

— Il paraît qu'elle a une fortune personnelle considérable, dit Henriette.

— Je ne sais pas, répondit prudemment le docteur, qui, au courant des racontars parisiens, aurait pu en dire de belles sur l'étoile récemment découverte.

— Il faut bien qu'il en soit ainsi, insista naïvement la jeune fille. N'avait-elle pas, à la première, cette rivière de vrais diamants, d'un prix inestimable, et cette robe de velours de Gênes brodé [illegible] par les journaux à plus de trente mille francs ? Et [illegible] pour ainsi dire, ce n'était pas ses appointements de comédienne [illegible]

Le docteur réprima un sourire.

Tante Lise restait silencieuse.

Un quart d'heure après, le médecin se retirait, après avoir rassuré tante Lise sur l'état de sa santé.

Le docteur parti, Henriette résolut de faire parler sa tante tout à fait tranquillisée :

A brûle-pourpoint elle lui demanda :

— Dis-moi, ma bonne tante, tu ne me crois pas capable d'écouter aux portes, n'est-ce pas ?

— Peux-tu le supposer... Ton inquiétude me prouverait bien du reste que tu n'as pas entendu.

— Non. Mais j'ai deviné.

— Voyons ?

— Il était une fois un père — appelons-le M. Laguillermie — qui avait une fille unique — nous l'appellerons Henriette, — une fille unique à marier...

— Tu approches du feu ! s'écria la veuve, pour feindre de perdre du terrain.

— ...Ce père était fort perplexe : il s'attendait à une très prochaine demande en mariage. Le parti qui s'offrait pour sa fille l'enchantait, lui... sous tous les rapports...

— Tu brûles ! Oh ! pas possible, tu as entendu, sinon écouté ! interrompit la veuve, qui trouvait là une allusion à Fernand.

— Mais il craignait que sa fille au lieu d'aimer le prétendant qu'il était prêt à agréer, ne ressentit une secrète inclination pour... pour...

Tante Lise attira Henriette dans un piège, en lui disant d'un air distrait :

— Pour le capitaine Dorfert ?

— Oh ! ma tante !

Henriette avait laissé échapper ce cri sur un ton de protestation presque douloureuse.

La veuve dit :

— J'ai nommé bien au hasard le capitaine. Je ne sais rien, moi, je ne devine rien.

— Alors, demanda Henriette, quelqu'un autre que M. Dorfert serait sur le point de... demander ma main ?

— Oui, ma chérie. Mieux que cela, c'est chose faite, pour ainsi dire.

Elle dit froidement, dédaigneusement même :

— Et ce quelqu'un ?

Tante Lise ne demandait qu'à parler, maintenant. Parodiant les tireuses de cartes, elles répondit :

— C'est un jeune homme brun... de la campagne...

— Qu'il y reste ! s'écria Henriette.

— Fort bien. Mais il va venir. C'est annoncé. Il aime éperdûment.

— Il se passera de la réciproque.

— Pourtant, une dame d'âge, qui le protège, prétend au contraire qu'il a des chances.

— Par exemple !

— Elle affirme même...

Henriette crut enfin comprendre :

— De qui veux-tu parler ? Son nom ? demanda-t-elle.

Mais tante Lise voulut prolonger l'amusette. Elle dit, se ravisant :

— Au fait, pourquoi insister ? Mon Dieu ! On lui fera entendre à ce garçon, qu'il ferait mieux de renoncer.

— Cependant...

— Non, non. Je vois bien que tu ne l'aimes pas ! Tu le hais, même, avant que je ne l'aie nommé.

— Oh ! ma tante !... Je n'ai pas parlé de haine.

Henriette avait atteint le paroxysme de l'inquiétude et de l'impatience.

Tante Lise se montra clémente. Elle dit avec lenteur :

— Du moins, tu le haïras sans doute, quand tu sauras qu'il a osé — il y a de cela quatre mois — avouer à ton père qu'il t'aime. Mais je me charge de l'avertir, de le décider à se retirer des rangs. Voyons, ne vaut-il pas mieux qu'il reste l'ami de... de sa « petite Liette » ?

— Fernand ! Monsieur Fernand, corrigea vite la jeune fille en se jetant dans les bras de sa tante, un peu pour l'embrasser, beaucoup pour cacher la rougeur qui était montée subitement à son jeune et frais visage, — la rougeur de l'aveu.

Afin de laisser à sa nièce le temps de se remettre, tante Lise prétexta quelques ordres à donner pour le repas du soir, et s'absenta.

Elle s'approchait de Dorfert pour lui serrer les mains. Mais elle fut devancée par Henriette qui, écartant tout à coup le rideau, s'élança vers le jeune officier, et lui tendit sa main blanche en s'écriant :

— Monsieur Dorfert, vous êtes un grand et loyal cœur !

Le jeune homme prit la main qui lui était tendue ; et, après l'avoir baisée respectueusement, la gardant encore une seconde dans les siennes, il dit avec un sourire :

— Voilà une main qui ne m'eût pas été donnée avec tant d'empressement, tout à l'heure !

IV

Quatre ans se sont écoulés depuis le mariage d'Henriette et de Fernand.

Un ménage heureux n'a pas d'histoire. Ces quatre ans, auxquels un bonheur absolu a donné une uniformité de lac paisible, ne mettent pas une distance appréciable entre le point de départ et le moment actuel.

Combien dure ordinairement une lune de miel ?

Celle de Fernand et d'Henriette en est encore au premier quartier ; et sans les deux charmants bébés : « Toto » et « Guilite », — Victor et Marguerite, — qui, sous les yeux d'Henriette, se roulent journellement sur le tapis du salon, la jeune mère n'admettrait jamais qu'un si long temps la sépare du jour de la bénédiction nuptiale à Saint-Sulpice.

Les deux jeunes mariés étaient bien nés l'un pour l'autre. Autant Henriette préfère aux fatigants plaisirs mondains la vie bourgeoise que suffisent à remplir ses occupations maternelles, autant Fernand se complait dans une existence confinée à ses ateliers, son cabinet de travail et le « home » paisible qu'égaye sa petite famille.

Profitant de la distance qui sépare la rue de Rennes de l'avenue d'Antin, ils vivent très retirés. Ils ne figurent que de loin en loin aux soirées de M. Laguillermie.

Leurs plus fréquentes sorties sont pour le spectacle : la Comédie-Française, l'Odéon, les théâtres du boulevard leur prennent par semaine une ou deux soirées, pendant lesquelles tante Lise, qui a donné sa préférence à la rue de Rennes, garde la maison, surveille le coucher des enfants.

Leur bonheur, leur amour un peu égoïste a fait d'eux de petits bourgeois ponctuels, casaniers, effacés.

Quelquefois, M. Laguillermie, lorsqu'il est de séjour à Paris, quitte son hôtel luxueux, où, par un excès contraire, il vit esclave de ses millions étalés ; il vient passer un après-midi chez ses enfants. Ces jours-là sont pour Henriette des jours de fête, car alors toutes ses affections sont réunies. Mais ils sont rares. Le grand mécanicien s'est peu à peu détaché de la mécanique. Plein de confiance dans les aptitudes et l'activité de son gendre, il en est arrivé à lui laisser l'entière direction des ateliers, qui portent cependant toujours, pour ne point contrarier la routine de la clientèle, cette enseigne : LAGUILLERMIE. La bonté, l'indulgence de Fernand pour les ouvriers ont bien un peu effrayé l'autocrate, tout d'abord ; mais les résultats sont venus le tranquilliser. Et puis, d'ailleurs, son fidèle Toussaint est là, qui lui affirme que tout va bien, et qui accourrait le prévenir si quelque chose clochait.

M. Laguillermie voyage beaucoup. La maison y a gagné, depuis quatre ans, une grande extension ; les dépôts à l'étranger se sont multipliés, de tous les pays les commandes ont doublé.

Son salon, tout en continuant à être le rendez-vous d'un monde très mêlé : banquiers, gens de la haute industrie, artistes et célébrités du Paris viveur et oisif, commence à devenir plus particulièrement un centre politique.

Et cette vie d'un nouveau genre, où son activité, émoussée par trente années d'un même travail, trouve une excitation nouvelle, — cette vie l'absorbe de plus en plus, le sépare tous les jours davantage de son gendre et de sa fille.

C'est ce que constatait Henriette, en causant au coin du feu, un soir de février, avec Fernand et tante Lise, dans le grand salon, rue de Rennes.

— Nous en arriverons à ne plus nous voir ! disait-elle. Je ne veux pas de ça ! S'il faut lui donner l'exemple, pour qu'il vienne, donnons-le lui. Tenez, Fernand, si vous voulez, nous nous forcerons, nous irons à cette soirée de jeudi prochain. Papa sera ravi.

— Je n'ai pas à me forcer pour mon compte, dit galamment Duvernel. Il me suffit que vous le désiriez, Henriette, pour que cela me soit un plaisir...

— Un plaisir ! un plaisir... hum ! hum ! fit gaîment la jeune femme en hochant sa tête gracieuse ; n'exagérons rien, monsieur. Je connais votre antipathie pour ces réunions, qui manquent un peu d'intimité, à vrai dire ; mais enfin, pour cet hiver, nous en serons quittes avec celle-ci.

— En effet, c'est la dernière. M. Laguillermie part pour la Russie dans les premiers jours de mars — un mois plus tôt que les années précédentes.

— Et vous ne devinez pas pourquoi ? demanda tante Lise.

Ni Fernand, ni Henriette ne devinaient.

— C'est juste, dit la sœur du millionnaire ; vous ne savez pas... Moi qui ne lis pas plus que vous les journaux à cancans, — il paraît qu'ils ont déjà conté et commenté la chose, — je n'en saurais pas davantage si André, quand je vais le voir, ne me prenait quelquefois pour confidente. Voici.

« Une de ces créatures qui sont la honte du sexe faible et la perdition du sexe fort » s'était mis en tête de donner M. Laguillermie pour successeur à un jeune millionnaire qu'elle achevait de ruiner. Cette femme, cette aventurière, s'était ouvert bien des portes en se disant artiste, grâce à quelques succès, déjà lointains et presque oubliés, qu'elle avait jadis remportés au théâtre. Elle s'était donc fait présenter avenue d'Antin. Alors avait commencé une cour assidue, où, les rôles étant renversés, Laguillermie était l'ingénue résistant au séducteur.

— Évidemment, cette femme, ajouta l'innocente dévote, n'en veut qu'aux millions de mon frère, cela ne fait pas de doute. Mais il se moque bien d'elle ! Ah ! ce n'est pas un gaillard comme lui que ces araignées du vice peuvent prendre dans leur toile !

— C'est bien la dernière chose qu'aient à craindre pour lui ceux qui l'aiment, dit Fernand, rendant hommage à la supériorité du grand mécanicien, connu, comme tous les hommes vraiment forts, pour échapper tout entier à la séduction des femmes.

— Ah ! bien sûr ! Elle en est pour ses frais de coquetterie et d'intrigues, reprit tante Lise. Et, comme elle est très fine, paraît-il, elle comprendra aisément que ce départ avancé d'un mois est, de la part de mon frère, une invitation polie à le laisser tranquille.

— N'est-ce pas une tactique imprudente ? objecta Fernand avec un sourire. On est capable de dire qu'il s'éloigne par peur de succomber.

— Tout a une fin, dit tante Lise. Cette femme, depuis plusieurs semaines, devrait avoir conquis André, si cela était possible. Tout autre que lui, au dire de tous, aurait déjà [illegible] les armes, car la beauté de cette pécheresse est merveilleuse.

— Et cette pécheresse, cette dangereuse sirène ?... interrogea Henriette.

— N'est pas absolument une inconnue pour toi, ma Liette.

— Ho ! ho ! ma tante ! Je ne me connais pas de telles relations...

— Quand je dis qu'elle n'est pas une inconnue pour toi, Henriette, reprenait la veuve, je ne parle pas de la créature qu'elle est à présent, mais de l'artiste qu'elle était il y a un peu plus de quatre ans, et que tu as vue débuter au Gymnase, dans le rôle...

— Jeanne Dorius ! se rappela immédiatement la jeune madame Duvernel.

A ce nom inattendu, Fernand eut un léger soubresaut. Son visage, où le rire de tout à l'heure n'était pas encore évanoui, s'obscurcit d'inquiétude.

Il se leva et, pour tourner le dos à la lumière des candélabres, il s'adossa au marbre de la cheminée.

Quoiqu'il ne reçût que de loin en loin l'écho très affaibli des bruits parisiens, ce n'était pas la première fois qu'il entendait parler de son ancienne maîtresse.

Il savait qu'après de tardifs, mais éclatants débuts au théâtre, Jeanne, préférant la fortune rapide à la gloire lentement acquise, s'était laissé arracher à son art par les propositions fantastiques d'un prince autrichien.

L'héritier, à peine majeur, d'une grosse fortune, tomba juste à temps sous sa griffe. C'était le fils d'un commerçant célèbre pour ses réclames ingénieuses, pour l'accroissement rapide de « La Mondaine », le magasin de nouveautés et de confections qu'il avait fondé ; c'était le jeune snob Stéphen Beauval, très connu au « Décadent Club ».

Stéphen Beauval s'était trouvé, à sa majorité, en possession de deux millions et demi, sa part sur la fortune laissée par Louis Beauval, son père, surpris par la mort, et n'ayant pas prémuni sa veuve contre les revendications effrénées du jeune clubman.

Lorsque le hasard des racontars parisiens lui avait appris ces détails,

Jeanne Dorius songeait (page 23).

Fernand s'était rappelé aussitôt l'incident du Bois, les cent louis pariés sur la conquête de la belle Dorius, et ce nom de Beauval crié en public par celui qui le portait et se chargeait, par son crétinisme, de l'avilir.

En recherchant bien dans ses souvenirs, il pouvait encore se rappeler avoir entrevu deux ou trois fois depuis, dans une loge des Français, Jeanne, étincelante de diamants, et le ridicule jeune homme, tout fier de les avoir payés.

Pas une seule fois, il ne s'était ému de ces souvenirs ou de ces rencontres.

Mais aujourd'hui, c'était de la bouche même d'Henriette qu'il entendait prononcer le nom de Jeanne Dorius ; et c'était pour apprendre que peut-être il allait, chez son beau-père, dans sa famille, se trouver en présence de son ancienne maîtresse.

En une telle conjoncture, quelle attitude prendrait-il en face de celle qui pouvait, par une allusion, un sourire, trahir le passé ?

Une crainte, restée vague jusqu'ici, se précisait dans son cerveau.

Si Jeanne allait avoir conservé les lettres qu'il lui a écrites autrefois ? Certes, une correspondance amoureuse de dix ans antérieure au mariage, ne peut constituer un délit conjugal. Cependant, Henriette lui a prouvé en maintes circonstances qu'elle est de ces épouses dont l'amour va parfois jusqu'à la jalousie rétrospective ; si elle apprenait un jour cette ancienne liaison, elle souffrirait — et d'autant plus cruellement qu'elle connaîtrait sa rivale du passé. N'eût-il que cette raison pour redouter la rencontre, Duvernel ne pourrait l'envisager sans inquiétude. Mais il redoute une bien autre révélation !... Ce n'est pas le mari, qui est menacé — Henriette ne saurait lui faire un crime de cet amour bien mort, et l'oubli ne tarderait pas à cicatriser la blessure faite au cœur de l'épouse, une égratignure, en somme ! — C'est l'homme estimé, honoré de tous, qui peut recevoir un coup terrible, si la Doria a gardé cette arme dangereuse. Il se rappelle ses dernières lettres à Jeanne, celle surtout où il cherchait dans un acte coupable la preuve de son amour pour elle... et en des termes qui, laissant le champ libre à toutes les suppositions, permettraient maintenant de le soupçonner d'un véritable crime...

Cependant, il se remémore le caractère de Jeanne. Non ! Elle est incapable de ce genre de spéculation.

D'ailleurs, si elle eût dû l'inquiéter, ne l'aurait-elle pas déjà fait ? Elle n'est point femme à ignorer la famille de Laguillermie, avant jeté sur lui son dévolu.

Fernand, peu à peu, se rassurait.

Comme Henriette lui demandait brusquement :

— A quoi songez-vous donc, mon ami ? Vous voilà muet et grave...

Il répondit sans hésiter et en souriant :

— Vous professez une répugnance si marquée pour « de telles relations »... J'étais en train de me demander si, dans la crainte de rencontrer cette... ex-comédienne chez votre père, vous n'alliez pas renoncer à la soirée de jeudi...

Anxieux au fond, calme en apparence, il attendait la réponse.

Mme Duvernel dit :

— Voilà qui s'appelle reprendre effrontément d'une main ce qu'on a donné de l'autre.

— Comment cela ?

— Mais, vous vous accrochez bien vite à un rien, ce me semble, pour esquiver ce que vous disiez très galamment tout à l'heure être un plaisir pour vous. C'est bien plutôt une corvée...

— Henriette ! Je vous assure...

— N'en parlons plus, Fernand ; nous n'irons pas... Je vous fais de grand cœur ce sacrifice.

La fille du mécanicien, par son éducation, par sa vie d'honnête bourgeoise, ressentait en effet d'avance une antipathie naturelle pour la Doria. Mais sa curiosité féminine, l'attrait piquant de l'inconnu, du prohibé, lui donnaient un vif désir de voir cette femme, de chercher dans toute sa personne, dans les plus futiles détails de sa toilette, dans les moindres particularités de son allure, le secret du charme irrésistible qu'on lui attribuait.

Elle se rendait compte de cette curiosité, car elle ajouta :

— Oui, c'est un sacrifice. Je n'aurais pas été fâchée de la voir de près cette femme qu'on dit si belle.

— Et vous la verrez, si elle vient à cette soirée, car nous irons, dit Fernand, résolument. Laissez-moi seulement vous expliquer mon objection de tout à l'heure : j'oubliais qu'avant tout vous êtes femme, c'est-à-dire presque aussi curieuse que charmante, et je ne pensais qu'au désagrément qu'il y aura peut-être pour vous à saluer Jeanne Dorius.

— Oh ! n'ayez crainte ! J'y mettrai de la discrétion.

— N'oubliez pas, cependant, que chez votre père cette femme sera l'égale de tous, en sa qualité d'hôte de M. Laguillermie.

— Merci, monsieur, de la petite leçon de civilité, s'écria Henriette, très gaîment. De mon côté, laissez-moi vous faire la recommandation contraire : J'espère que vous ne serez pas trop... poli, trop empressé auprès de celle qu'on dit si dangereuse.

Fernand ne répondit pas. Mais il eut un geste nerveux, saccadé, où

Henriette crut voir comme une involontaire protestation d'époux offensé.

Elle se leva du fauteuil qu'elle occupait et s'approcha de son mari.

— Je suis très encline à la jalousie, dit-elle ; mais vous ne m'avez jamais fourni le plus léger prétexte à montrer ce vilain défaut, Fernand. Je plaisantais, donc.

Puis, profitant d'un mouvement de tante Lise qui, se baissant pour arranger le feu, ne pouvait les voir, Henriette tendit son front à Duvernel. Il y appuya longuement, tendrement, ses lèvres.

— J'ai confiance en l'amour de mon « Fernando », murmura-t-elle, mettant dans ce nom modifié ainsi toute sa passion encore enfantine de jeune mariée.

Très occupé depuis quelque temps d'un nouveau modèle d'aéroplane, Duvernel se retirait tous les soirs à neuf heures dans son cabinet de travail, où il restait souvent jusqu'à minuit.

Ce soir-là, il se faisait à peine huit heures et demie, qu'il se disposait déjà à la retraite.

Comme sa femme lui reprochait cette hâte :

— Je vous prie de m'excuser, dit-il en s'adressant aussi à tante Lise. D'ailleurs, n'attendez-vous pas Alice ?

Fernand Duvernel désignait ainsi, familièrement, par son petit nom, celle qui est devenue la femme d'Antonin Dorfert.

Pendant ces quatre années, de grands changements se sont produits dans la vie du brillant officier. Il a fini par s'apercevoir, un beau jour, que Mlle d'Armencey ne partageait pas les préventions d'Henriette contre l'existence des femmes de militaires.

L'exemple tentant du bonheur conjugal de son ami achevant l'œuvre commencée par la beauté d'Alice, Antonin fit auprès du marquis d'Armencey une démarche solennelle, qui ne pouvait qu'être favorablement accueillie. Mais on n'avait pas encore fait la première publication des bans, qu'un ordre de mobilisation, englobant son régiment, l'envoyait en Tunisie. Là-bas, le fiancé se consolait bientôt de ce mécompte en gagnant coup sur coup le grade de chef de bataillon, puis l'épaulette à graines d'épinard. De sorte qu'à quelque temps de là le « Figaro » annonçait, parmi les mariages mondains, celui du lieutenant-colonel Antonin Dorfert avec Mlle la vicomtesse Alice d'Armencey. De nouveau, les complications survenues au Tonkin venaient de séparer de sa jeune femme le récent colonel, qui faisait partie des troupes de renfort envoyées au Delta.

Cette séparation, attristant Alice, la rapprochait d'Henriette. Jamais les deux amies de couvent ne s'étaient fait réciproquement d'aussi fréquentes visites que depuis un mois.

— Il est probable qu'Alice ne viendra pas, dit Henriette. Mais, allez, monsieur ; on vous rend votre liberté.

Et, voyant son mari prendre la direction de la chambre des enfants pour aller les embrasser, comme il en avait la coutume avant de se mettre au travail, elle lui jeta, en plaisantant, cette recommandation — une façon de montrer sa joie de jeune mère :

— Attention ! si vous les réveillez, comme l'autre soir, en les embrassant, je ne vous le permettrai plus...

V.

Dans le petit salon du premier, tendu de velours héliotrope, Jeanne Dorius songeait.

Elle était assise, à demi couchée sur un divan bas, le coude enfoncé dans une pile de coussins, en une attitude nonchalante. Près d'elle, sur une table portative, à pieds en X, était posé, bien à portée de sa main, un coffret en bois des Iles, débordant de différents tabacs, depuis le grossier caporal jusqu'au blond ferasli. A terre, un journal déplié...

Sur la cheminée, malgré la saison, deux gros bouquets de lilas blanc exhalaient un parfum d'avril, capiteux dans la chaleur que répandait le foyer, où une énorme bûche se consumait lentement en braise. Les lourds rideaux de la fenêtre relevés, laissant passer une coulée de soleil — un pâle soleil de février — qui inondait tout un coin du boudoir, coupant en deux le guéridon de laque sur lequel, parmi les bibelots, traînait à moitié vide un sac de bonbons à l'étiquette de Siraudin. Dans une vitrine de Boule moderne, s'étageaient des objets précieux, disparates, assemblés là en un bric-à-brac [illegible]

Jeanne fumait une cigarette de [illegible].

Elle portait une longue tunique de [illegible] pâle, garnie de duvet de cygne dont la blancheur l'enveloppait d'une pureté [illegible]. Un de ses pieds, chaussés de babouches en satin mauve [illegible] de cygne, laissait voir la cheville délicate, avec [illegible] à travers la soie des bas à jour. Sa chevelure [illegible] de la tête, voilait à demi le front de frisons courts [illegible] par accident, laissait couler sur une épaule une torsade [illegible] de petites vagues d'or.

Tout en suivant d'un œil distrait la fumée de sa cigarette, elle pensait à Laguillermie, à cette soirée où il fallait qu'elle mît fin à une lutte qu'elle regrettait presque d'avoir engagée.

Elle fut tirée de ses réflexions par l'entrée de sa femme de chambre.

— Madame veut-elle recevoir M. Stéphen Beauval ?

Jeanne avait, le matin, fait prévenir Rémy, le concierge de l'hôtel, qu'elle n'y serait de toute la journée pour personne, excepté pour Mme Dorius mère, qu'elle attendait. Cet ordre ne visait pas son amant, parti pour Vevey depuis huit jours, et dont le retour anticipait sur la date fixée par lui-même. Elle ne pouvait, sans injustice, réprimander ses gens pour cette infraction à la consigne en faveur de l'ami familier.

Elle dit avec humeur :

— Pourquoi l'a-t-on laissé monter ? J'avais dit : pour personne !

— M. Beauval a tant insisté.

Se rapprochant de sa maîtresse et parlant à voix basse, pour n'être point entendue de Beauval, qui était dans le salon d'attente, la camériste ajouta :

— [illegible] Rémy ! Un vrai scandale en bas, Madame !

— Ah ! [illegible] Doris. Qu'il entre.

Elle se leva [illegible]

Ce n'était plus la même femme. D'une posture [illegible] abandonnée à ses ennuis [illegible] sa beauté rare [illegible] un sourire dédaigneux, — elle s'appuya au dossier d'un siège et attendit.

Stéphen Beauval entra. Il salua profondément, avec un chic d'homme qui ne peut, par conscience, faire rien d'une façon banale. En même temps que son dos, déjà très voûté, se courbait en cerceau, sa tête au crâne [illegible] aux oreilles ramenées en avant, plongea entre ses deux épaules, d'un petit mouvement sec, une invention à lui, qui avait un succès fou.

Mais il s'arrêta, inquiet, devant l'ironie menaçante de la Dorius. [illegible] était là, debout, immobile, jouant avec son monocle, à [illegible] la fois niais et impertinent.

Jeanne l'apostropha froidement :

— Que signifient ces mœurs nouvelles ? On force ma porte à présent !

— Oh ! chère [illegible] rien de tout. Je ne pouvais croire que une erreur de cet idiot de Rémy. Votre porte fermée pour tout le monde, fort bien ! Mais pour moi...

— En effet, je ne pensais guère à vous...

— Très flatté ! l'interrompit Stéphen, qui, croyant à des excuses, devenait une [illegible] folle.

— Quand je donnai cet ordre, acheva Jeanne sans s'arrêter à l'interruption, je vous croyais auprès de votre mère, à Vevey. [illegible] en passant, ce brusque retour, sans m'avertir.

Elle avait accompagné ces mots d'un dur froncement de sourcils.

— Je chercherais inutilement à vous en cacher le motif, Jeanne, dit Stéphen, redevenant brusquement sérieux, — de badin, se faisait suppliant.

Jeanne Dorius le regarda d'un œil attentif.

Depuis quelques mois elle remarquait en lui une extrême mobilité de caractère. Cela lui valait joliment de traiter Rémy d'idiot !...

— Vous savez bien, Jeanne, [illegible] avec une émotion [illegible] ne puis me passer de vous [illegible] voix, même quand elle [illegible] depuis huit jours [illegible] — de mécanicien, — [illegible] — que vous [illegible] avec complaisance...

Jeanne l'interrompit avec une brutalité hautaine :

— De quel droit, s'il vous plaît, vous mêlez-vous de mes affaires ?

Il répondit avec véhémence, l'œil éclairé soudain d'une flamme :

— Du droit que me donne une passion extravagante, folle, si vous voulez, mais qui, je le sens...

— Pardon, monsieur Beauval, restons, si vous le voulez bien, sur le terrain prosaïque mais plus solide de la raison. Parlons affaires ; cela vous va-t-il ? Il me coûtait d'aborder avec vous une pénible discussion...

Elle fit une courte pose. Puis, brutalement :

— Vous êtes ruiné.

— Peuh ! gêné... momentanément ! risqua Beauval, de mauvaise foi. En quelques mots, je vais vous exposer ma situation...

— Votre situation, je la connais mieux que vous-même. Et d'ailleurs, si je l'ignorais, voilà un document qui ne me permettrait pas de la croire bien brillante, dit Jeanne, en désignant le journal qui traînait à terre. Lisez... troisième colonne.

Il s'agissait d'un scandale tout parisien : une liste de clients insolvables. Stéphen Beauval figurait sur cette liste

— Je vais les poursuivre, s'écria-t-il furieux.

— C'est une idée, dit Jeanne en persiflant. Avec les dommages-intérêts vous solderez la note. Seulement, vous ne trouverez pas mauvais que je me mette au plus vite hors de cause. Je ne tiens pas à devoir ma prochaine robe à ce nouveau genre de spéculation.

— Que voulez-vous dire ?

— Je veux dire qu'il est grand temps de nous séparer.

Et elle ajouta, comme se parlant à elle-même :

— Il y a plusieurs mois que cela devrait être fait. Je ne serais pas réduite à... des expédients.

Stéphen, se laissant tomber dans un fauteil, la tête sur la poitrine, murmura avec un accent douloureux :

— Ainsi mes pressentiments ne me trompaient pas. Un malheur me menaçait... Vous me congédiez, Jeanne ?

Il releva la tête, et l'œil ardent, le geste exalté :

— Oh ! non, non, vous ne ferez pas cela ! Songez-donc... J'en mourrais ! Je me tuerais !

Jeanne eut un geste d'indifférence.

Elle en corrigea la froide cruauté en répliquant sur un ton d'incrédulité et de badinage :

— Allons donc ! mon cher. Vous êtes bien trop de votre temps pour faire une telle sottise.

— Ah ! ne raillez pas, Jeanne ! Ne vous moquez pas de mon amour !

— Votre amour ? releva-t-elle vivement. Fixons la valeur des mots, si vous le voulez bien. Vous appelez amour ce que, moi, je nomme vanité. Certainement, voust enez à moi, je le sais. Mais est-ce pour moi-même ? Non, n'est-ce pas ? C'est parce qu'il est du dernier bien, d'avoir une maîtresse ruineuse, tout bonnement. Tenez, la mesure de votre amour, je ne veux pas la chercher ailleurs que dans ce pari que vous aviez fait de posséder la Doria, coûte que coûte... Et ne me dites pas que depuis ce temps le cœur s'en soit mêlé ! Je vous mettrais au défi de me rappeler un jour, une heure de notre... liaison qui n'ait été pour vous une parade ; où vous ayez consenti ce besoin qui hante les amants de fuir le monde et le bruit, et d'être l'un à l'autre, bien seuls... Ce dont je ne vous fais pas un crime, croyez-le !...

Stéphen l'avait écoutée sans révolte ; au contraire, hochant la tête d'un air approbatif, il dit sur un ton de repentir :

— Vous avez raison, Jeanne, je n'ai pas assez vécu pour vous, je vous ai donné le droit de douter de mon amour. J'ai trop facilement cédé à l'entraînement du tourbillon parisien !

Mais je suis las de cette vie orageuse ! Et je parlais précisément ces jours derniers à ma mère de mon intention d'enrayer. Je me suis entendu avec elle. Elle paie mes dettes, me fait une rente mensuelle de mille francs — je n'ai pu obtenir davantage. C'est peu ; mais, ma Jeanne adorée, nous vendons l'hôtel, nous louons dans un quartier retiré un petit appartement...

La Doria, abondant ironiquement dans son sens, l'interrompit :

— Je porte des robes à cinquante sous le mètre, mes chapeaux me coûtent au plus dix-sept francs, je fais au besoin la cuisine moi-même, de mes blanches mains [illegible] nous [illegible] pour [illegible] notre mansarde. — Oui ! mais, c'est [illegible]

Elle éclata de rire : [illegible]

— Vous baissez, mon cher, vous baissez [illegible]

Et, se campant, droite, superbe, devant le [illegible]

— Voyons, regardez-moi. Est-ce que vous me voyez [illegible] un petit commerce de mercerie ou de marchande [illegible]

Ne vous gênez pas, dites.

Elle était magnifique, bien en chair dans tout l'éclat de sa beauté, [illegible] avec un rien d'embonpoint qui se prêtait à la fierté de sa pose contraire.

Stephen eut un geste d'adoration suppliante.

— Oh ! pardonnez-moi, Jeanne, pardonnez-moi ! Je suis fou. C'est vrai, il faut à votre divine beauté le cadre d'un luxe princier. Et je suis ruiné ! ruiné ! Malédiction ! Mais cet or que je n'avais qu'à demander à un banquier, qui m'empêche de le gagner, à présent ? Il y a mille et une spéculations qui peuvent permettre à un homme intelligent, disposant de cinquante louis par mois, de se faire un revenu honorable. Je prouverai que j'ai quelque chose là.

Et il se tapait le front, pas trop fort, pour ne pas déranger sa mèche en éventail.

— Vous n'exagérez pas de moi, je l'espère, dit impitoyablement [illegible] Donc, que je règle mon train de maison sur le chiffre de vos bénéfices. Souvenez-vous de vos quelques opérations de Bourse.

Il se laissa de nouveau tomber sur un siège en murmurant :

— [illegible] ! Bon à rien ! [illegible] Je ne peux pourtant [illegible]

— [illegible] vivement Jeanne ; disparaissez quelques mois, voyagez [illegible] Évitez soigneusement dans vos voyages les rencontres parisiennes, boulevardières. Soyez beau joueur, mon cher, [illegible] sachez [illegible] souriant.

[illegible] la main [illegible]

Il paraissait se résigner. Déjà il avait fait quelques pas [illegible] [illegible]

— Non ! non ! Jamais, plutôt la mort !...

Il avait étendu les bras, en un geste désordonné, inquiétant. Ses traits insignifiants s'étaient convulsés en une expression de menace terrible ; ses yeux jetèrent une flamme sombre.

Jeanne y vit passer la folie. Elle eut peur. D'un bond elle fut à la cheminée, pressa un bouton de sonnette, fiévreusement.

Mais déjà Stephen était redevenu calme. Il passait sa main sur son front d'un mouvement machinal. Et s'éloignant, sans même remarquer que Jeanne avait appelé, il murmura :

— Oui, il le faut. J'essaierai. Adieu, Jeanne.

Il frôla sans la voir la femme de chambre [illegible] et disparut d'un pas chancelant. [illegible] à sa camériste :

— [illegible], Mariette, pas de [illegible] jamais, vous m'en [illegible] après un [illegible] tout le monde.

[illegible] causaient.

[illegible] Soigneuse des succès galants [illegible] sa propre importance ayant [illegible] de [illegible] femme de [illegible] prendre des airs de reine mère. [illegible] manières d'autrefois avaient fait place à un air [illegible] un peu mystérieux, auquel de beaux cheveux blancs [illegible] une mise austère, et riche de grande dame courant les mansardes pour faire le bien lui donnaient à première vue une extrême respectabilité.

Mais, en tête-à-tête, toutes les deux, la mère et la fille « dételaient » [illegible] leurs corsets », selon l'expression de Jeanne, c'est-à-dire quittaient les grands airs et parlaient à la bonne franquette.

— Eh bien ! ou en es-tu avec M. [illegible] ? demandait la mère en se renversant dans un pouf, d'où elle débordait.

Jeanne s'était remise sur son divan, avait [illegible] [illegible] tête.

Elle eut un mouvement de mauvaise humeur et dit [illegible]

— Encore une belle bêtise que tu m'as fait faire [illegible]

Puis, rétractant aussitôt ce demi-aveu, qui, malgré elle, dépassait ses sentiments secrets, elle ajouta vite, la parole fébrile :

— Mais, tu me ferais dire ce qui n'est pas ! Non, je ne l'aime plus. Ce que j'aime dans ce souvenir, ce n'est pas [illegible] grave et correct, que j'ai entrevu de loin en loin deux ou trois fois depuis quatre ans ; ce n'est même pas le Fernand de jadis, [illegible] juif. Pourtant son amour, si violent, si emporté qu'il [illegible] de cet égoïsme qui est leur vertu à ces fils de famille [illegible] d'autrefois ne m'est de rien dans ce souvenir. Ce que [illegible] à y retrouver, tout rempli du charme des choses lointaines, c'est le court moment de ma vie où, encore chaste, je sentais en moi le cœur d'une femme, — un cœur capable d'aimer, c'est le temps où, avant de vendre, pour ce luxe qui m'entoure, une existence lasse et ennuyée, je fus si heureuse en donnant, désintéressée et insouciante, ce que je ne saurais maintenant ni donner, ni vendre : un cœur pur et du vrai amour.

Les deux femmes, un instant, se regardèrent, comme deux complices traqués, prêts à devenir deux ennemis.

Ce fut la mère qui rompit le silence. Elle s'écria, [illegible] tendre et moitié railleuse :

— Bon ! je vois. Ma fille chérie broie du noir aujourd'hui. Oh ! je connais ça : rien de tel pour favoriser les élans de vertu, les regards en arrière, avec des yeux mouillés — une ou deux larmes sur le temps d'innocence, où la misère était délicieuse, parce qu'on était pure ! [illegible] vre, mais honnête et très sentimentale. Seulement, que demain [illegible] [illegible]

Elle [illegible] l'envahissant [illegible]

— En attendant, va, ma chérie, [illegible] de la première communion, [illegible] de la petite Jeanne, vêtue de blanc, les yeux baissés [illegible] ferveur...

[illegible] allée trop loin, elle s'en aperçut. D'un mouvement coléreux [illegible] s'approchant d'elle, et, malgré elle, l'entourant de deux bras maternels et caressants, elle lui dit :

— Allons ! Il faut bien rire un peu. Au fond, je ne blâme pas du tout tes pieuses croyances ; elles te rendent meilleure et [illegible]. Mais, c'est comme les scrupules, pas trop n'en faut. [illegible] n'oublie pas qu'il faut vivre ? Enfin, nous reparlerons de tout cela après-demain, quand tu auras vu [illegible] il n'ait plus ici quelque [illegible] par huissier, je suis sûre que [illegible]

Elle l'embrassa et partit.

VII

[illegible] trois grands salons se suivaient, tendus d'étoffes modernes, précieuses, ou de vieilles tapisseries, ou de broderies napolitaines, selon le style adopté pour chacun d'eux. Des tableaux anciens, aux tons vieillis, assombris par la patine des années, ressortaient sur le fond clair des tentures. Les lustres, par leur profusion, éclairaient [illegible]. Des groupes et des statuettes en marbre et en bronze ornaient [illegible] cheminées, très hautes, monumentales, qui disparaissaient presque sous les fleurs et les bouquets de plantes vertes.

Des groupes de femmes, assises, entremêlant les couleurs tendres de leurs toilettes, formaient autour des grandes pièces [illegible] [illegible] s'épanouissaient, sous la lumière [illegible], les épaules nues, d'une blancheur rosée. Çà et là, une chevelure noire piquée d'une rose rouge, une couronne de tresses blondes fleuries de myosotis. Partout un scintillement de diamants semés dans les coiffures, [illegible] et tremblotants.

D'un coup d'œil, l'industriel vit que tous les yeux étaient braqués sur lui.

— Mes excuses, chère Madame, mes plus sincères excuses.

Jeanne vit une ironie dans le sourire du millionnaire. Elle voulut savoir à quoi s'en tenir, en finir d'un coup.

— Je ne les accepterai, dit-elle à voix basse et sans cesser de sourire, que quand vous aurez réparé d'autres torts plus graves...

— Lesquels ?

— Mais, dame ! Depuis que je m'honore d'être de vos invités, voilà deux soirées que je donne, où vous brillez par votre absence. Et vous savez, ajouta-t-elle avec un éclair rapide des yeux, que les absents ont toujours tort.

— Il n'a pas fallu moins que...

— Oui, oui, c'est une explication que j'ai bien voulu accepter deux fois de suite : vous étiez malade. Oh ! je suis débonnaire ! Pourtant !... Voyons, faites une bonne provision de santé au moins pour quinze jours. Je recevrai...

— Vous voyez un homme désolé ! Je pars la semaine prochaine... Un voyage de plusieurs mois...

Elle le regarda bien en face, dans les yeux. Elle ne doutait plus : depuis plus d'un mois, il se jouait d'elle, la faisait servir à son triomphe d'homme impeccable, *imprenable*. C'était tout ce qu'elle voulait savoir.

Duvernel venait de rejoindre sa femme et lui expliquait sa conduite de tout à l'heure.

Le couple était charmant : Henriette, vêtue d'une robe de satin crême garnie de vieil argentan, et coiffée avec simplicité, écoutait son mari, les yeux levés vers lui avec une expression d'amour, mêlée d'une imperceptible inquiétude. Fernand, svelte dans son habit serré à la taille, inclinant vers elle son visage encore un peu pâle dans sa barbe noire et fine, l'enveloppait d'un regard d'amant plein de rassurante tendresse.

Ils formaient à eux deux la vivante allégorie du bonheur dans le mariage.

Les yeux de Jeanne allèrent à eux.

Une vague mélancolie s'emparait d'elle.

M. Laguillermie avait mal soutenu le regard de Jeanne, dont le calme froid lui faisait craindre qu'elle n'eût toute prête sa vengeance.

Comme elle lui souhaitait un bon voyage, d'un air dégagé, mais en pointant de nouveau sur lui un œil luisant comme l'acier, il se troubla légèrement.

— Voulez-vous que je vous présente ma fille ? dit-il pour sortir de son embarras.

Jeanne hésita une seconde, puis accepta.

Mais au même instant, un mouvement se produisait dans les salons.

La Cornalba et Lévy-Lormon, de l'Opéra, venaient d'arriver. Ils devaient chanter les airs aimés de *la Juive* et c'était là le *clou* de la soirée — énorme clou d'or, dont M. Laguillermie avait eu bien soin de faire connaître le prix : huit mille francs à partager entre les deux artistes.

Tout le monde se portait vers le second salon, où était le piano.

Henriette, séparée d'Alice, suivait le mouvement de la foule.

Jeanne la vit disparaître par la porte de communication, tandis que Fernand se perdait de nouveau au milieu des habits noirs.

— Nous allons bien les rejoindre, murmura le vieux mécanicien, en écartant le monde pour conduire la Doria.

Quelques secondes après, la présentation avait lieu — une présentation banalement polie, en quelques paroles, insignifiantes, pleines de réserve.

Il avait suffi aux deux femmes d'un regard échangé de près, pour qu'elles ressentissent une antipathie réciproque, plus forte que leur volonté.

Cependant, Jeanne, plus qu'Henriette, dissimulait ce sentiment hostile. Elle feignait même de trouver un accueil aimable sous la froideur involontaire de la jeune femme. Il entrait dans ses calculs, Laguillermie lui échappant, d'avoir au moins une fois chez elle, la fille du millionnaire. Elle ne doutait pas qu'il n'y eût une distance presque infranchissable, à cause du monde, entre elle, la courtisane, et cette jeune épouse riche et honorée. Eh bien ! cette distance, elle voulait la franchir !

Henriette dit à son père :

— Il faudra que nous allions entendre un de ces soirs, dans *La Son-*

mambula, cette jeune Américaine, Nevada... Un vrai gosier de rossignol, paraît-il.

— Mon Dieu... Madame, dit Jeanne Dorius, saisissant la première occasion qui se présentait, la Nevada chantera chez moi le 10 du mois prochain. Si vous vouliez entendre cette reine de la vocalise ailleurs qu'en public, où trop d'oreilles indignes partageraient votre plaisir... je me ferais une joie et un bonheur de vous avoir.

Henriette ne répondit pas tout de suite.

— Voilà ce que vous perdez, dit Jeanne à M. Laguillermie, vous, un passionné de ces régals artistiques, avec vos voyages...

Tu mourras sur la paille (page 27).

Henriette, ne trouvant pas mieux, finit par dire :

— Hélas ! Madame, M. Duvernel et moi, nous allons si peu dans le monde...

— Oui, je connais la réputation de M. Fernand Duvernel. Il a l'amour et l'admiration égoïstes...

— C'est un défaut que je comprends d'autant mieux que, comme femme, je le partage, répliqua la fille de M. Laguillermie, évitant encore une fois de répondre.

Les regards des deux femmes se croisèrent. Elles étaient ennemies.

Quelques instant plus tard, prétextant une personne de connaissance à aller saluer, Jeanne s'éloignait, le cœur gonflé de haine, la lèvre souriante.

[illegible] Fernand [illegible] d'Henriette.

Il s'assit sur un divan [illegible] au centre duquel s'épanouissait un bouquet d'arbustes [illegible]

Derrière lui, une conversation [illegible] sa curiosité. Il était question de Jeanne et de Stephen Beauval [illegible]

— Le pauvre Stephen [illegible] Nous avons [illegible] il ne faudrait pas trop s'étonner de le voir [illegible] la Dorla n'est pas quitte avec lui.

— Mais, pour qu'elle ait refusé de *papoter* avec lui [illegible] dit une autre voix, il faut qu'elle soit sûre du lendemain [illegible] la main sur quelque nabab ?

— Elle croyait en tenir un : l'illustre Laguillermie [illegible] d'après l'entretien qu'elle a eu avec lui, il n'y a pas un quart d'heure [illegible] ne paraît pas avoir marché comme elle le désirait.

— N'a-t-elle pas un peu de fortune, de quoi patienter ?

— Elle ! de la fortune ? Sa mère, peut-être... Jeanne Dorlus a pour tout capital environ huit cent mille francs... de dettes. Elle ne se maintient depuis quelque temps que par un miracle d'équilibre. Une pyramide sur [illegible] Gare la dégringolade !

[illegible]

Fernand [illegible] le chemin de [illegible]

[illegible]

Jeanne n'avait pas encore pris [illegible] Laguillermie et Henriette [illegible] la vengeance [illegible]

Fernand, les oreilles bourdonnant encore de la conversation entendue, n'avait qu'une préoccupation : s'assurer que Jeanne ne se dresserait pas [illegible] entre lui et son bonheur.

— Rassurez-vous, Monsieur, dit Jeanne, d'une voix d'abord hési[illegible] je ne viens pas réveiller un passé... qui dort depuis [illegible] Nous avons [illegible]

[illegible]

— Pourquoi [illegible] que Jeanne Dorlus [illegible] de vous dire ce que [illegible] une femme... comme moi [illegible]

[illegible]

que je pourrais vous nommer, et qui, en venant chez le puissant financier, votre beau-père, sont résolus à toutes les bassesses, à toutes les lâchetés qui, de nos jours, inclinent les têtes devant cette majesté : le million.

— M. Laguillermie, en effet, dit Duvernel avec une complaisance qu'il trouva lâche en lui-même, ne fait pas pour ses invitations un triage bien sévère.

— Et il expose, n'est-ce pas ? reprit Jeanne; les honnêtes gens qu'il reçoit à de singuliers contacts.

— Croyez, Madame, dit vivement Duvernel, décidé à tout pour complaire à la Doria, croyez que s'il consultait à ce sujet les personnes bien élevées de son entourage, il n'en trouverait pas une pour l'approuver.

— Vous vous trompez. Votre femme...

Fernand, oubliant toute prudence, fit un brusque mouvement.

— Mme Duvernel, Madame, n'est pas..

La Doria l'interrompit :

— Je vous en prie ! pour la défendre, attendez qu'on l'attaque, dit-elle avec un geste d'impatience et d'une voix impérieuse.

Mais elle se radoucit pour lui conter sa mésaventure auprès d'Henriette. Elle parlait avec un grand calme et sur un ton un peu triste, à peine nuancé d'amertume.

— Eh bien ! je viens me mettre sous votre protection. Vous pouvez, avec quelques paroles s'adressant à la générosité de votre femme et au sens pratique de M. Laguillermie, obtenir d'elle et de lui pour la... courtisane, au moins le semblant de considération qu'ils accordent à tant de gens dont il ne faudrait pas non plus trop examiner la vie au microscope.

Et, sa voix prenant une intonation étrange :

— Vous sentez, n'est-ce pas ? ce qu'il y a de douloureux pour moi, précisément quand je me retrouve en face de vous, presque chez vous, de me voir rappeler que je suis indigne...

— Taisez-vous, Jeanne ! laissa échapper Fernand, je vous en prie, ne me parlez plus ainsi de vous-même, en des termes... où il me semble comprendre un reproche... Nous sommes convenus, n'est-ce pas ? de ne point évoquer le passé.

— Vous ne pouvez vous figurer, Fernand, combien il m'eût été dur de vous voir partager avec votre femme un mépris que maintenant j'excuse.

Duvernel pâlit à ces mots. Il songeait aux lettres. Oh ! il ne pouvait guère en douter, elle les avait conservées.

Jeanne continuait.

— Tenez ! Je veux être franche jusqu'au bout : maintenant encore, je sens là, au cœur, l'étreinte invincible d'un sentiment que je ne puis définir, mais qui fait de moi, malgré moi, une adversaire de votre femme. Oh ! rassurez-vous ! Votre bonheur m'est sacré. Et si, comme je vous le demande, vous obtenez d'elle, quand nous rentrerons au milieu de la fête, qu'elle me fasse un accueil réparateur, satisfaisant ma vanité, — soyez sans crainte, je n'essaierai point d'en tirer avantage auprès de vous et des vôtres... Je vous l'ai déjà dit : pour moi le passé est mort... Et c'est bien une étrangère, une inconnue qui vous remercie de la traiter avec les égards dus à une femme, et vous offre, en retour, ses souhaits les plus sincères pour votre bonheur.

Depuis quelques instants ils étaient revenus à l'entrée de la serre. Jeanne fit un mouvement pour prendre congé de Duvernel.

Mais il gardait dans ses mains la main qu'elle lui avait tendue. Et, très ému, il dit :

— Je vous remercie, Jeanne. Votre conduite est noble, digne de votre cœur — ce cœur que vous avez conservé généreux...

Puis, la parole hésitante, la voix étranglée et basse :

— Et vous m'encouragez à vous demander... à aborder une question délicate... Je veux parler des lettres que je vous ai écrites.

Elle eut un mouvement brusque pour dégager sa main.

— Je vous en prie, eJanne, dit Fernand, effrayé du mouvement de son ancienne maîtresse, ne vous méprenez pas sur le sens de mes paroles. Si vous avez ces lettres, je ne vous fais pas l'injure de vous les redemander. Je vous prie seulement de les détruire Que vous m'en fassiez la promesse, et je serai aussi tranquille que si je les avais anéanties moi-même.

Elle répondit, en regardant Duvernel bien en face, et en s'appliquant à feindre une parfaite sincérité :

— Si ces lettres étaient encore entre mes mains, je les détruirais. Ne vous ai-je pas dit que votre bonheur m'était sacré ? Mais elles sont brûlées depuis longtemps. Je ne veux pas compter les années, dit-elle en souriant, cela me vieillifait trop. Qu'il vous suffise de vous rappeler que vous avez laissé la dernière lettre de Jeanne Dorius sans réponse. Elle comprit dès lors que rien ne devait subsister entre elle et vous.

Puis, affectant un ton de vive gaîté :

— Savez-vous bien que je vous trouve un peu fat ? Comment ! Vous supposiez que j'avais gardé vos lettres ? Et pour quoi faire, mon Dieu ! A mon tour je vous redemanderais les miennes, alors. Non ? vous ne les avez pas gardées, vous ?...

Elle parlait avec un naturel si parfait que Fernand ne soupçonna pas le mensonge.

Rassuré, et presque reconnaissant pour l'ancienne maîtresse, il lui tendait une main à son tour, quand tout à coup, à l'autre extrémité de la galerie, une femme apparut.

Il reconnut Henriette.

— Je vous cherche partout, Fernand... Vite, vite ! Alice ne se sent pas bien. Et elle vous prie de l'accompagner, de lui faire avancer une voiture.

Pourtant elle était un peu pâle, et il crut apercevoir dans ses yeux un reproche doux et triste.

— Nous parlions, Madame et moi, dit-il en désignant Jeanne Dorius, de vous et de M. Laguillermie.

— Je vous en prie, interrompit Henriette, faisant allusion à la malade, je vous en prie !... Au plus pressé !

— Laissez-nous, Madame, dit la Doria, d'une voix douce et sur un ton qui indiquait qu'elle était prête encore à faire des avances, laissez-moi vous donner les explications qu'allait vous donner M. Duvernel.

Henriette répondit avec un sourire équivoque :

— Moi-même, j'allais vous prier de m'écouter quelques instants

Et de la main, en un geste affectueux, elle fit signe à son mari, qui s'était arrêté, perplexe, hésitant, qu'il pouvait s'éloigner seul.

Duvernel partit.

Aussitôt que la jeune femme fut seule en face de Jeanne, elle lui dit, la voix saccadée et basse :

— Vous venez de le voir, Madame, je sais me contenir. Cependant.. J'aime trop mon mari, je vous en préviens, pour pouvoir éviter un éclat, si vous le rendez nécessaire.

Jeanne riposta, l'œil enflammé de haine et la lèvre railleuse :

— J'ai pour habitude de ne répondre que lorsqu'on me parle poliment. Pour vous, qui m'inspirez une grande indulgence, je veux bien faire exception. Et puis, les rébus m'amusent quelquefois. Voudriez-vous m'expliquer celui-ci ?

— Oh ! en deux mots, s'écria Henriette, la voix tremblante d'une colère exaspérée par ce persiflage. Je ne vous permettrai pas, ayant manqué le beau-père, de vous rabattre sur le gendre !

Elles étaient debout, face à face : l'une, hostile, méprisante ; l'autre, blessée, haineuse.

Henriette, se prévalant de son honnêteté, croyait avoir le droit, le devoir même, d'écraser la femme galante.

Jeanne dit, la voix sifflante :

— Malheureuse ! votre bonheur vous pèse donc bien, que vous venez ainsi me défier ?

Et, l'œil dilaté, fixe, chargé d'un fluide magnétique, dominateur, elle proféra :

— Ah ! voilà des paroles que je vous ferai expier par des flots de larmes — des larmes de sang !

Cependant, elle voulut faire une dernière tentative de conciliation :

— Au fait ! Ecoutez. Nous sommes seules, il est donc encore temps de convenir entre nous que rien n'a été dit. Vous êtes follement jalouse, et vous le montrez d'une manière aussi maladroite que téméraire. Mais enfin, la jalousie est votre excuse. Si, au lieu de me menacer vous m'avez laissé vous donner une explications. Je veux vous la donner quand même.

Elle lui exposa, en quelques mots, le sujet de son entretien avec Fernand : cette demande qu'elle lui avait faite de se constituer, auprès de sa femme et de son beau-père, l'avocat de la réprouvée.

Malheureuse, votre bonheur vous pèse donc bien (page 31).

Mais Henriette ne voyait toujours chez la courtisane qu'un [illegible] à s'introduire dans sa famille, pour y porter le désordre, la désorganisation. Elle n'écoutait qu'avec une incrédulité visible.

Jeanne lui dit, en contenant le feu de son regard :

— Allons ! je vois que je vous persuaderai difficilement. Pourtant, si votre mari, quand vous le retrouverez tout à l'heure, vous faisait la même déclaration !...

Un pas sourd, s'approchant, faisait craquer le parquet dans la galerie des tableaux. Jeannette se retourna et aperçut M. Laguillermie.

— Voici votre père, dit-elle en faisant un mouvement de retraite dans la serre. Il vous cherche sans doute.

« Il arrive à propos pour vous éviter de blesser une fois de plus, peut-être, celle que vous estimeriez meilleure qu'on ne vous l'a dépeinte, si vous pouviez savoir... si vous lisiez au fond de sa pensée ! Allez, Madame, et tâchez, comme je m'y efforcerai moi-même, d'oublier... »

Et elle s'enfonça dans un massif de verdure.

Une demi-heure plus tard, la Cornalba et Lévy-Lomon partis, les salons reprenaient leur mouvement, leur animation.

Maintenant, on se pressait aux abords du buffet ; des laquais circulaient chargés de plateaux, présentant aux dames restées assises, les pâtisseries, les glaces, les liqueurs.

Fernand, près d'Henriette, la rassurait sur l'état d'Alice, qu'il avait reconduite jusque chez elle. La pauvre dame n'avait d'autre mal que son inquiétude, la correspondance de Dorfert étant en retard de plusieurs jours. Fernand s'était fait très optimiste pour la tranquilliser, et, à force d'éloquence, il y avait à peu près réussi.

Tout en paraissant écouter les galanteries d'un invité qui s'était fait son cavalier, la Doria, depuis un instant suivait de loin les gestes et le jeu de physionomie de Fernand et de sa femme.

Elle comprit que la fille du mécanicien persistait dans son hostilité.

Une seconde, ses yeux rencontrèrent ceux d'Henriette. Le mépris triomphant qu'elle lut dans le regard de la jeune femme acheva de l'exaspérer.

Ah ! si elle n'avait pas gardé une secrète tendresse pour Fernand, quelle vengeance elle eût tirée avec ces lettres !

Au fait, qu'est-ce qui l'empêchait, non de persécuter l'ancien amant, mais de le reconquérir ?

A plusieurs reprises, elle chercha le regard de Duvernel. Deux ou trois fois, il lui sembla bien qu'il la voyait ; et cependant aussitôt ses yeux se détournaient d'elle, comme si elle lui eût été absolument inconnue.

Ne se serait-il montré un instant affectueux envers elle que pour en arriver à lui redemander ses lettres compromettantes ?

Non. Elle voulait douter encore.

Mais le doute ne lui fut plus possible, lorsque, l'heure du départ étant venue, elle trouva le moyen de se rapprocher de lui dans le grand vestibule.

Souriant d'un sourire forcé, afin de cacher son dépit, elle ouvrait la bouche pour échanger avec lui au moins quelque parole banale.

[illegible] fit semblant de ne pas la voir et détourna la tête, tandis qu'Henriette, d'un mouvement [illegible] visiblement calculé, [illegible] son mari [illegible]

La Doria [illegible] le regard fixe et vide, pendant que le coupé [illegible]

Un laquais lui apporta [illegible]

La voix chuchotante et respectueuse de [illegible] la tira de sa stupeur.

Pendant qu'on l'aidait à se vêtir, elle jeta machinalement un regard autour d'elle.

A quelques pas, un jeune homme enfilait les manches de son pardessus à fourrures. Elle reconnut cet ami de Stephen Beauval, qui, toute la soirée, [illegible] l'avait poursuivie de ses regards [illegible] En ce moment encore, il braquait sur elle son monocle, hébété et insolent.

Elle se détourna, dédaigneuse. Et sa pensée revenant à Fernand, elle murmura, les dents serrées, en gagnant sa voiture :

— Qu'est-ce donc, maintenant, qui m'arrêterait ? A nous deux, madame Duvernel !

VII

Le lendemain matin, Duvernel trouvait dans son courrier le billet suivant :

« Si je vous priais, mon cher Fernand, de me venir voir, j'y perdrais
« mon temps et mon éloquence, n'est-ce pas ? Je me borne à vous appren-
« dre que toutes vos lettres sont restées en ma possession.

« Jeanne DORIUS,
« 97, rue La Boëtie. »

Il se leva, laissant sa correspondance inachevée, fit deux ou trois fois le tour du bureau d'un pas inégal, les tempes bourdonnantes, le cerveau incapable d'une pensée. Puis, machinalement, serrant toujours à la main le papier élégant et parfumé, il prit son chapeau et descendit.

Dans la rue il arrêta un fiacre et donna l'adresse de Jeanne.

Chez la Doria, la caméristé l'introduisit non dans le salon d'attente, mais dans le salon voisin du boudoir. Il n'attendit, du reste, pas longtemps.

Une porte s'ouvrit, et Jeanne, dans son costume mauve bordé de cygne, apparut, souriante. Elle lui tendit une main, qu'il sentit fraîche du bain récent. Un parfum délicat de toilette matinale émanait de toute sa personne.

— Je ne me lève pas d'aussi bonne heure que vous, dit-elle avec malice, faisant allusion à l'empressement qu'il avait mis à accourir.

Duvernel balbutiait des paroles insignifiantes, embarrassées.

— Nous serons mieux par là, fit-elle en désignant son boudoir. Si vous voulez bien me suivre...

Il y eut entre eux un moment de silence gêné.

— Voyons, Madame, si vraiment vous avez ces lettres, quelles sont vos intentions ?

— C'est vrai, dit-elle en allant à son bureau, de deux choses l'une ; ou je vous trompais hier soir, en déclarant les avoir détruites, ou je vous trompe aujourd'hui... Malheureusement pour vous, tenez, — elle tira d'un tiroir une liasse de feuillets jaunis, — c'est aujourd'hui mon jour de sincérité.

Elle prit une lettre, resserra soigneusement les autres, et, s'avançant près de Duvernel :

— En voici une, sans importance, dont je vous fais présent, pour vous convaincre.

Fernand reconnaissait son écriture. Ce fut néanmoins avec un calme parfait qu'il rendit le papier à Jeanne.

Elle le jeta dans les flammes du foyer en disant :

— Voilà ce que j'aurais fait de toute cette correspondance, cette nuit en rentrant, si... mais ce qui est fait est bien fait. Ne parlons plus d'hier.

— Pourquoi n'en reparlerions-nous pas, Jeanne ? Si vous saviez comme il m'a été pénible...

— Je ne vous savais pas hypocrite, interrompit-elle durement.

Il pâlit à cette injure méritée. Et, rappelé à sa dignité d'homme, il dit d'une voix ferme :

— Soit. Nous avons eu tous les deux, cette nuit, en nous retrouvant chez mon beau-père, un accès de sensibilité, d'affection rétrospective que nous devons renier. Nous n'étions ni l'un ni l'autre dans notre rôle, moi comme mari...

— Et moi comme courtisane, compléta Jeanne avec une gaîté fébrile. Ne cherchez pas de périphrase. Prenons-nous pour ce que nous sommes. Mon tort a été hier d'oublier ce que j'étais. Aujourd'hui, j'accepte ma condition telle qu'elle. Ne vous étonnez donc pas de m'en voir remplir le rôle... Il est entendu, n'est-ce pas ? pour les honnêtes gens, comme votre beau-père, pour les femmes vertueuses, comme Mme Duvernel, qu'une Doria ne peut avoir ni cœur ni entrailles, aucun respect des choses sacrées de la société, de la famille ; il est entendu que je suis une sorte de bête fauve qu'on doit fuir ou, forcé de l'affronter, qu'on doit abattre, sous peine d'être dévoré. Eh bien ! il y a là en perspective un jeu qui me plaît. Votre femme et vous, me fuyez. Je vous poursuis. Il s'agit maintenant de m'abattre.

Puis, avec un éclat de rire dont la cruauté voilait une tristesse :

— Seulement, aujourd'hui, contre tous les usages, c'est de Janye qui [illegible]

Et elle étendit le bras, désignant le bureau Pompadour : « les lettres [illegible]

Fernand, décidé à feindre la plus grande assurance, haussa les épaules.

— Certes, dit-il, comme je vous l'avouais hier, j'aimerais mieux que cette correspondance n'existât plus. Mais vous vous en exagérez la portée.

— Je vous en laisse juge, riposta la Doria. Voici, entre vingt autres, un passage de vos lettres que je relisais cette nuit et que j'ai retenu par cœur :

« [illegible] Avoir voix [illegible] Mais en être fier, et [illegible] n'est-ce pas de l'amour ? »

Duvernet sentit ses traits s'altérer, se creuser profondément, malgré [illegible] d'être imperturbable.

— Vous savez bien que les termes de cette lettre sont excessifs, que [illegible] coupable...

— Que d'une peccadille, interrompit-elle, — une niaiserie, par ce temps [illegible] de tripotages politico-financiers, de banqueroutes...

— Eh bien, soit ! Je veux supposer que vous exécutiez cette [illegible] menace. On demandera d'abord au [illegible]

— Vous aurez vous votre patron d'abord, je [illegible] l'honorable Gaussier de la [illegible]

— Je le rechercherai et [illegible]

[illegible]

— [illegible] Mais [illegible] vous supposez pas sur l'[illegible] discrétion. [illegible] mon nom ne figure même pas sur l'enseigne de notre maison.

— Vous êtes le gendre de M. [illegible]

Il y eut un long silence.

[illegible] l'attendait, souriante.

— Et si, [illegible] pas, j'allais tout [illegible] commissaire de police.

— [illegible] vous en [illegible]

[illegible] exigences, que je m'at[illegible] verrais forcée d'agir tout de suite [illegible] devant Monsieur le commissaire [illegible] — non point auprès d'un digne magist[illegible] vous ne voulez pas que je vous le nomme ?...

Duvernet eut un violent battement de cœur. Il sentit [illegible] entrer en lui.

— N'est-ce pas, que, quand je m'en mêle, [illegible]

— Terminons, dit-il sans répondre. [illegible]

— Vous ne l'avez pas deviné ?

Il repensait aux embarras [illegible] qu'avait révélés la conversation [illegible] dans la serre [illegible] de la [illegible]

[illegible] explication.

[illegible] dont elle [illegible]

[illegible] les yeux [illegible] l'avait [illegible] avec une froide [illegible]

(Sans laisser à Duvernet le temps d'[illegible] un mot de [illegible] elle conclut :

— [illegible] Vous [illegible]

— Parlons sérieusement, dit Duvernet [illegible]

— Je suis [illegible] votre [illegible]

Un violent éclat de rire [illegible]

— Vous [illegible] pas, Fernand [illegible] Vous êtes [illegible] forces. Allons, reprenez votre franchise habituelle et reconnaissez avec moi qu'il suffit que je le veuille pour que vous soyez mon amant.

— Une peine afflictive, peu affligeante. Le patient ferait plus envie que pitié.

Jeanne rougit de plaisir — la femme l'emportant un instant sur l'adversaire.

— Je n'ai pas achevé ma pensée. Je vous impose toutes les charges de l'emploi et je vous en refuse tous les privilèges. Plus exactement, j'aurais dû dire : il faut que vous passiez pour mon amant. Qu'on vous voie m'accompagner au Bois, au spectacle, aux courses ; que l'on vous rencontre chez moi très souvent ; qu'il soit tellement question, enfin, de vous et de moi ensemble, qu'une liaison entre nous ne laisse aucun doute.

Duvernet, songeant aux embarras financiers de la Doria, aborda franchement la question.

— Une charge reste sous-entendue, parmi celles que vous imposerez à l'amant malgré lui. Je devrai me ruiner pour vous, cela va de soi, sinon, me prendrait-on au sérieux ! Et puis, pardonnez-moi cette indiscrétion, je sais que vos finances, en ce moment, sont fort obérées. Eh bien ! il est peut-être bon que je vous apprenne une chose : je ne dispose que d'une fortune acquise relativement médiocre ; mes plus gros revenus sont le produit de mon travail de chaque jour, qui est considérable. Si je passe mon temps à vous accompagner au Bois, aux courses, partout, à figurer chez vous assidûment, qu'arrive-t-il ? C'est, à courte échéance, le désordre dans la maison que je dirige, c'est ma rupture avec mon associé, M. Laguillermie, demandant bientôt la résiliation du traité qui nous lie. C'est ma ruine en quelques mois. Voyez si vous voulez tuer la poule aux œufs d'or. Je vous propose, moi, un marché [illegible] avantageux, pour vous comme pour moi. Fixez un prix, — nous le débattrons s'il est excessif.

Elle l'avait écouté sans l'interrompre.

— Je vous sais gré d'avoir pensé, de vous-même, à cette misérable question d'argent — le point capital pour une Doria ! Certes, oui ! en gardant ces lettres depuis quatorze ans, j'étais un peu comme ces porteurs d'obligations à lots de la Ville de Paris. J'attendais l'aubaine de mon numéro sortant. Il est sorti ! Je vous retrouve riche, à la tête d'une maison qui vous assure l'aisance toujours renouvelée — une mine d'or. Et [illegible] bien un chantage. Oui, vous avez deviné, vos lettres [illegible] une fortune et je ne les ai gardées qu'en vue de les [illegible] un jour. Mais [illegible] vous êtes préparé une cruelle déception. [illegible] que je m'en dessaisirai. Je les garderai [illegible] au fur et à mesure de mes dépenses, comme [illegible] vos prédécesseurs — j'allais dire : vos successeurs [illegible].

Elle éclata de rire — d'un rire [illegible] [illegible] unique allusion à leurs anciennes amours.

Puis, comme il se débattait encore, [illegible] qu'il continuait de s'imposer, elle coupa court, soudainement [illegible] :

— Assez de plaisanterie, de marivaudage, d'enfantillages ! Vous passerez pour mon amant, [illegible] !

Alors, Fernand essaya de la supplication.

Avec des paroles lentes à sortir, et qui lui brûlaient la gorge, il cherchait à faire vibrer en elle la générosité qu'elle éliminait. Il s'égarait, [illegible] du hasard de la vie, qui les avait jetés, chacun de leur côté, aux pôles contraires [illegible].

— Vous me teniez ce langage hier, avant que nous eussions parlé des lettres [illegible].

Il se levait, révolté contre lui-même, indigné de son propre abaissement. Et [illegible] énergique tout à coup :

— Vous [illegible] bien lâche, dites ? Mais ne comprenez-vous pas [illegible] que je [illegible] ! que, s'il ne s'agissait que de moi [illegible] pas ! Ah ! Prenez garde de trop exiger !

Elle répéta, [illegible] :

— Vous serez, aux yeux de tous, mon amant.

— Prenez garde ! J'aime ma femme.

— Moi, je la hais.

— J'ai des enfants.

— Des enfants ? Est-ce qu'une femme comme moi sait ce que c'est ?

D'ailleurs, cherchez autour de vous, — tenez, dans la belle société qui nous environnait hier, — on les compte par douzaines, les honnêtes pères de famille qui ont une maîtresse — quelquefois plusieurs — et n'en sont pas moins de dévoués maris, n'en élèvent pas moins leurs enfants dans la plus sévère morale. Est-ce que la vie serait possible, si l'on ne pouvait concilier toutes ces choses !

Elle s'était dressée à son tour, terriblement superbe, fière et amère, comme un orgueilleux génie du mal.

Duvernel ne l'entendait plus. Depuis quelques instants, il avait le regard fixé, comme fasciné, par le meuble où étaient enfermées les lettres. Il avait vu Jeanne en remettre la clef dans une des poches de son peignoir...

Brutalement, il se rua sur elle.

Il l'avait saisie d'une main par un poignet ; de l'autre, il allait fouiller la poche...

Jeanne Dorius, sans réussir à se dégager, fit un bond de côté, atteignit le bouton de la sonnette.

Elle n'eut plus alors à se défendre que quelques secondes. Des pas précipités s'approchant, Duvernel lâcha prise.

Il restait debout, pâle et tremblant, muet, courbant la tête.

Sur le tapis, traînait un fragment de fourrure de cygne, arraché dans la lutte.

Mariette parut.

Jeanne, haletante, dit, la voix tranquille :

— Allez chercher, dans le salon à côté, le chapeau de M. Duvernel.

Puis, de façon à être entendue de la soubrette :

— Vilain brutal, il ne fait pas bon jouer avec vous ! Mais je devine : cette tunique, datant déjà de trois mois, vous déplaisait, mon seigneur et maître ; vous avez voulu me forcer à la donner à Mariette. Oh ! que les hommes sont peu économes !

Un instant après, à la femme de chambre, qui guidait Duvernel à travers le salon d'attente et le coquet vestibule, Jeanne criait, d'une voix où semblait vibrer la joie et la tendresse d'un nouvel amour :

— J'y serai tous les jours, à toute heure, pour M. Fernand Duvernel. Vous entendez, Mariette !

Et elle envoya de la main à Fernand un long salut, comme un baiser.

A dater de ce jour, la vie de Duvernel allait être un supplice moral continu.

Le départ de M. Laguillermie pour la Russie, dans la première semaine, lui causa un grand soulagement.

Il dut s'arranger une existence nouvelle. Henriette n'ayant aucun soupçon, il était facile à Fernand de lui donner le change. Elle le savait très absorbé depuis quelque temps par un nouveau modèle d'aéroplane.

Cependant il s'était habitué, mieux qu'il ne l'aurait supposé d'abord, à cette vie cachottière de mari coupable.

Jeanne, d'ailleurs, le ménageait visiblement. Elle ne l'accaparait que deux ou trois soirées par semaine, n'exigeant point l'heure indue ; elle lui laissait presque entières ses après-midi. Enfin, elle ne lui avait fait — et encore comme à regret — que de très modiques appels de fonds, d'une modicité inexplicable, étant donné le chiffre écrasant de ses dettes.

Et, jusqu'à cette modération de celle qui pouvait tant réclamer de lui, l'inquiétait.

Quel plan Jeanne suivait-elle ?

Tout à coup, au point de vue de l'argent, elle se mit à rattraper le temps perdu.

Elle exigeait subitement et dans les quarante-huit heures, cent cinquante mille francs.

Il ne disposait immédiatement que d'une centaine de mille francs tout au plus en valeurs négociables.

Il exposa sa situation à la Doria, ce qui la fit sourire d'un air mauvais.

Ne pouvant obtenir d'elle un délai de quelques jours, Duvernel, indigné, eut une velléité de révolte. Il rentra chez lui, résolu à braver les menaces.

Le surlendemain, il recevait, sous une enveloppe dont la suscription était de l'écriture de Jeanne et portait la mention : « personnelle », une coupure du journal spécial : *le Sopha* et il lut :

« Encore un scandale à l'horizon. »

Une heure plus tard, Fernand portait à la Doria les cent cinquante mille francs qu'elle exigeait.

A partir de ce jour, l'idée de suicide grandit dans son esprit.

Il ne voulait pas se tuer, cependant. Il eût préféré que sa mort fût attribuée à un accident.

Cependant Henriette finit par remarquer les allures étranges de son mari. Fernand ne la conduisait plus au théâtre. Enfin, depuis qu'elle lui avait proposé de faire avec lui la promenade à pied prescrite par le docteur Castagnac, médecin de la famille, il semblait éviter de se rencontrer avec elle, déjeunant dehors, ne revenant pas pour le dîner.

Plusieurs fois elle avait été sur le point de s'ouvrir franchement à Fernand de ses inquiétudes et de lui demander une explication. Mais elle reculait devant une épreuve dont elle ne sortirait que le cœur meurtri. Elle aimait mieux, se trompant elle-même par toutes sortes de raisonnements spécieux, douter encore, repousser l'évidence.

Et dire que quelques mots suffiraient peut-être...

Pourtant elle reculait encore.

Était-ce bien seulement la crainte d'apprendre son malheur, qui la retenait ? Ne s'y mêlait-il pas un peu de fierté ?

Oui, l'orgueil de son amour, n'admettant pas l'abandon, lui interdisait de paraître même le craindre.

Henriette s'ouvrit de ses appréhensions à tante Lise et lui conta ses tourments.

La veuve ne montra aucun étonnement au récit de la jeune femme.

— Je savais tout, dit-elle.

Pressée de questions par Henriette, la veuve hésitait à parler. Finalement elle apprit à sa nièce le résultat d'une enquête à laquelle elle s'était récemment livrée : une pièce d'or glissée dans la main du portier de la Doria avait délié la langue du digne et imposant serviteur, qui n'avait d'ailleurs aucune consigne pour taire une liaison que sa maîtresse affichait.

Henriette dit, sur un ton d'exaltation farouche :

— Ainsi, mes pressentiments ne me trompaient pas ! C'est elle qui me le tuera !...

Elle s'était levée, marchait à pas saccadés et inégaux dans le salon, avec des gestes de folle.

Tante Lise, épouvantée, se jeta au devant d'elle. Et, le visage baigné de larmes, regrettant maintenant d'avoir cédé à un besoin de bavardage, elle s'efforçait de calmer la jeune femme.

Dans le salon, retombé à son silence morne, la voix de tante Lise s'éleva tout à coup :

— Eh bien ! ma Liette, ton piano ?... Ça nous distrairait peut-être...

Elle avait raison. Ne s'agissait-il pas de vivre tout comme si rien n'était changé !

Le lendemain matin, par un beau soleil d'avril, vers dix heures, Duvernet sortait par une des portes bâtardes de l'hôtel de la rue de Rennes, et allait monter en voiture pour se rendre chez Jeanne Dorius.

Au deuxième étage, à une fenêtre ouverte, par cette belle matinée dont l'air vif s'atténuait sous un soleil printanier, — à cette même fenêtre, d'où cinq ans auparavant, Henriette, rougissante, suivait Fernand du regard — la jeune femme se tenait tristement accoudée à la balustrade. Elle avait entendu cette adresse, jetée maintenant sans précaution au cocher : rue La Boétie !...

Elle rentra, referma la fenêtre. Un frisson de malaise la secouait.

Elle marchait fiévreusement, sans rien voir autour d'elle, le regard fixe, hagard.

Tout à coup, elle s'arrêta. Elle venait de prendre une résolution.

Elle sonna sa femme de chambre.

— Une voiture, vite !

Puis, s'habillant au hasard des vêtements qu'elle trouvait sous sa main, cachant le désordre de sa toilette sous un grand manteau, le désordre de sa coiffure sous une mantille espagnole, sans chapeau, sans gants, elle descendit.

Un fiacre l'attendait. Elle jeta au cocher l'adresse de Jeanne Dorius.

VIII

Après plusieurs « saisies-exécution » arrêtées à temps par des acomptes, la Doria avait résolu de laisser vendre son hôtel et son mobilier. Elle avait son plan. Mais ce plan, que lui dictait sa passion ravivée pour l'amant d'autrefois, elle ne l'avait pas communiqué à Mme Dorius mère. Aussi cette dernière était-elle, ce matin-là, dès neuf heures chez sa fille. Elle la trouva déjà levée, contre l'ordinaire.

Jeanne allait et venait, très gaie, fredonnant l'air de *Carmen* : « L'amour est enfant de Bohème... »

Svelte et souple, comme amincie par le violet sombre de sa robe de velours, les joues animées à l'air vif d'avril, et, dans le soleil, sa chevelure magnifique la coiffant de lumière, elle était à une de ces heures triomphantes où, malgré la trentaine dépassée, toute femme endurerait qu'on lui demandât son âge.

— Ah ! çà !... Ce n'est pas sérieux ? demanda Mme Dorius mère, soufflant encore d'avoir monté trop vite, dans sa hâte de savoir.

— Tu te trompes, je laisse vendre.

La vieille femme lançait vers le plafond des bras désespérés. Recouvrant la voix :

— Ainsi, c'est bien ce que je craignais au début : une nouvelle folie... Ah ! ma pauvre fille ! tu es finie Et quelle fin piteuse !... J'aurais dû me méfier de cette ancienne passion.

— Tu n'aurais rien empêché du tout. Il n'y a pas de revirement. En moi-même, je n'ai jamais fait d'autre projet depuis trois mois. Il me fallait seulement amener Fernand au point où il est venu enfin, et qui me le livre, soumis, prêt à tout...

— C'est lui qui t'a reprise ! s'écria la mère, ironique et méprisante, révoltée contre ce nouvel accès de désintéressement de sa fille.

Et elle se répandit en récriminations, en prédictions terribles de misère honteuse, de fin ignoble, sur un lit d'hôpital.

Mais Jeanne ne l'écoutait pas. Elle allait et venait, fredonnant. Elle ouvrit le petit meuble Pompadour et y prit un paquet de lettres jaunies — les lettres de Fernand. Où allait-elle les enfermer ? Elle les glissa dans son corsage.

— Ses lettres ? interrogea en grommelant la vieille femme. Je m'étonne que tu ne les lui ai pas encore rendues.

— Je les lui rendrai en effet. Mais je veux, avant, les relire ensemble, là-bas...

Elle s'arrêta, ne voulant pas dire à sa mère où elle allait cacher son bonheur.

— Oui, je renonce à tout, pour disparaître et l'emmener, comme lui est prêt, je le sens, à tout quitter, pour me suivre. nous sommes l'un à l'autre... depuis toujours...

Sa mère ricanait, haussant les épaules avec pitié.

— Je ne te donne pas trois mois pour en être revenue, de ton idylle.

— Ne fût-ce que trois semaines, qu'importe ! Si pendant ces trois semaines j'ai été heureuse ! Eh ! oui, je sais bien : l'illusion ! Mais est-ce jamais la réalité qui donne le bonheur ?...

— Le bonheur ! C'est l'argent.

— Le bonheur, c'est l'amour ! L'argent ! Tiens...

Jeanne courut à son sac de voyage, en tira un portefeuille, qu'elle vida. Et sur le guéridon elle étala, en plusieurs liasses dont les feuilles frissonnaient au vent, pour plus d'un demi-million de billets de banque — de larges billets de mille francs

— Vois-tu ? Il y a là à peu près ce qu'a produit jusqu'ici le chantage exercé contre ce pauvre Fernand. Je pourrais payer mes dettes, avec cela, et garder mon hôtel ; je pourrais retrouver du crédit, continuer mon train, éblouir les sots, terrasser les rivales, imposer respect aux honnêtes gens... Je pourrais redevenir riche, être redoutée ; et, au déclin de ma beauté, me consoler de vieillir... Eh bien, pour moi, rien de tout cela ne vaut un mot d'amour de Fernand.

— Tu ne feras pas ça ? râlait la vieille. Je te le défends ! Je suis mère ! Je ne laisserai pas ma fille se suicider !

Jeanne Dorius connaissait le moyen d'apaiser sa mère.

Elle ne put achever.

Fernand s'était soudainement dégagé. La Doria le voyait lui échapper. Elle eut un mouvement d'impatience et [illegible].

— Je vous comprends, vous ne voulez pas partir, dit-elle, presque menaçante déjà.

— Voyons, reprit Fernand, sans répondre, n'ai-je pas assez souffert ? Ah ! Si vous avez souhaité une vengeance, vous l'avez, terrible. Jugez-en : L'honneur ne se rachète pas !...

— Allons, grand enfant, faites, comme moi, un large pied de nez à tout et à tous, et ne songeons qu'au bonheur d'être l'un à l'autre. Demain, nous serons dans les Alpes.

Mais Fernand déclara sa résolution de ne point quitter sa famille.

Jeanne, redevenue alors tout à coup impérieuse, eut cependant une seconde d'hésitation, en entendant parler des enfants.

— Comment font les ménages séparés par la loi ? dit-elle enfin. Vous verrez vos enfants sur un terrain neutre.

Et, comme il jetait une exclamation de révolte :

— Fernand ! vous oubliez trop facilement que je commande toujours.

— Et vous, dit-il, le geste résolu, vous oubliez ce que je vous disais un jour : « Prenez garde de trop exiger ! » Je vous abandonne tout : ma situation, l'estime que je jouissais auprès des honnêtes gens, l'amour de celle que j'ai choisie comme femme, ma fortune...

— Votre fortune ? Voyez ! dit la Doria dans un cri de rage.

Elle prit les liasses de billets et, d'un mouvement d'affolée, les jeta dans le foyer.

Les yeux sur la flamme vive qui s'était élevée tout à coup et, en quelques secondes, déjà baissait, s'éteignait, Fernand reprit, calme et ferme :

— Et vous voudriez faire de moi le criminel pour qui plus rien n'existe, pas même les enfants ! Ah ! tenez, vous avez bien fait d'aller si loin ! Vous fouettez mon énergie affaissée. Vous m'indiquez le devoir devant lequel je reculais lâchement. Oui, j'ai un moyen de vous échapper.

— Lequel ?

— Me tuer.

— Et vous parlez de vos enfants ? Ah ! Le bel héritage : un père suicidé !

Fernand haussa les épaules.

— Je vous le défends ! s'écria Jeanne.

— Vous me le défendez ! Je voudrais bien savoir comment vous m'en empêcherez ?

Lentement, d'une voix nette, se dressant impérieuse et dure, comme drapée orgueilleusement dans le rôle odieux qu'elle voulait soutenir jusqu'à l'épouvantable, la Doria laissa tomber une à une ces paroles :

— Je vous jure que même devant votre mort, je ne désarmerais pas.

Et, comme Fernand semblait se refuser à comprendre, elle précisa :

— Un article du « Sopha » d'abord, puis vos lettres publiées... Osez donc vous tuer !

— Malheureuse ! dit Fernand en se précipitant vers elle, les poings fermés.

Il s'arrêta, paralysé par la stupeur.

Jeanne fit un pas en arrière.

La tenture, relevée tout à coup, venait de livrer passage à Henriette.

Une main à son corsage pour comprimer les battements de son cœur, la jeune femme restait immobile, incapable de prononcer un mot.

La Doria rompit le silence. S'adressant à Henriette :

— Pardon, une présentation n'est peut-être pas superflue...

Désignant Fernand de la main :

— Monsieur Duvernel, mon amant...

Henriette eut un sourire dédaigneux. Elle se tourna du côté de son mari, resté jusque-là dans une attitude accablée de coupable :

— Fernand, j'ai tout entendu, cachée là, dit-elle. Ah ! Pourquoi n'avoir pas mis toute votre confiance dans mon affection ?... Mais je suis trop heureuse, pour faire des reproches. Et puis, n'avez-vous pas assez souffert ?

S'adressant à la Doria :

— Nous sommes deux maintenant pour vous tenir tête.

Puis, d'un geste exalté, se mettant sous la protection de quelque puissance supérieure :

— Mais prenez garde ! Il est impossible que tant de méchanceté reste impunie.

A ces mots, la Doria, qui avait de vagues croyances, pâlit légèrement. Henriette le remarqua. Elle eut une lueur d'espoir.

— Voyons, Madame, dit la jeune femme sur un ton conciliant, soyez bonne. Vous aimez Fernand, dites-vous ? Je vous crois. Eh bien ! au nom du ciel, qui vous en tiendra compte, laissez-le à ses enfants, à sa famille.

La jeune femme restait immobile, incapable de prononcer un mot (page 44)

Elle s'avança alors vers Jeanne Dorius, et, les mains suppliantes :

— Je vous ai offensée, je vous en demande pardon !

La Doria eut un moment d'indécision. Ses yeux se portèrent du côté de Fernand. Avec un geste violent, elle s'écria :

— Monsieur Duvernel ! Emmenez votre femme ! Sa place n'est pas ici, et son attitude devant moi est indigne d'elle !

— Cette femme est bien un monstre ! murmura Henriette en se rapprochant de Fernand.

A ce moment, au rez-de-chaussée, les enchères commençaient. Le crieur, hurlant une mise à prix, ouvrait le feu roulant de ses coups de gosier monotones. Sa voix arrivait, distincte, par la fenêtre ouverte.

Deux ou trois coups frappés à la porte du fond, ouvrant sur le salon d'attente, firent retourner Jeanne, qui vit entrer, pâle et hagard, son dernier amant évincé, Stéphen Beauval.

— Hors d'ici ! cria-t-elle brutalement, en faisant quelques pas au-devant de l'intrus, qui, après avoir refermé la porte, s'avançait d'une allure délibérée, comme chez lui.

Henriette, entraînant son mari, lui dit à voix basse [illegible] par ses émotions :

— Partons, Fernand. Peut-être est-ce un bonheur pour [illegible] malheureuse s'obstine à vous persécuter. Elle me donnera ainsi [illegible] de vous prouver combien vous avez eu tort de douter de mon amour.

Ils se retirèrent par le grand salon.

En bas, dans le vestibule, ils poussèrent un cri de surprise, auquel répondit un cri de joie : tante Lise était devant eux.

L'excellente femme se jeta dans les bras de « sa fille », puis serra les mains de Duvernel, sans pouvoir prononcer un mot.

Enfin, elle recouvra la parole :

— Moi qui accourais, craignant un malheur !

Maintenant, elle se rattrapait. Elle les tenait là, au milieu du va-et-vient d'une foule mêlée, affairée, qu'attirait la vente commencée dans les pièces du rez-de-chaussée, d'où sortait, monotone et martelante, la voix du crieur répétant les enchères.

Les minutes s'écoulaient. Tout à coup un homme de soixante ans, décoré, s'approcha, souriant et cordial : c'était leur ami le docteur Cassagnac.

[illegible] de la vente.

— Comme vous [illegible] J'en ai assez. Il n'y a rien d'original à [illegible]

Pendant ce temps, [illegible] de Stéphen Beauval.

Le jeune clubman n'était plus [illegible] et plus verdâtre que jamais, il semblait ne vivre [illegible] regard fiévreux et mobile, où passait par instant [illegible] parole était saccadée, précipitée. Sa mise, jadis irréprochable, était, plus encore que celui qui la portait, en pleine décadence ; jusqu'au monocle abandonné, ne tenant plus, sans doute, dans cette face ravagée, aux muscles tombants.

Il entreprenait le récit de ses souffrances, de son martyre. La Doria lui coupa la parole :

— Vous choisissez bien mal votre moment. Je ne suis pas d'humeur à écouter vos doléances. Voulez-vous, oui ou non, sortir [illegible]

Il [illegible] d'un mouvement [illegible]

— Oh ! ma Doria, implora-t-il, ayez pitié de moi [illegible] pas de m'aimer, non ; mais seulement [illegible]

Il s'était jeté à genoux, se traînant [illegible], aux pieds de la splendide créature.

— Comme une [illegible] d'une voix cassée et larmoyante, [illegible] moi, que faut-il faire pour [illegible]

[illegible] en paix.

[illegible] la robe de la Doria. D'un mouvement [illegible] En se dirigeant vers la porta du fond [illegible] de mettre fin à cette comédie.

[illegible] courut se placer devant elle et, de ses bras [illegible] le passage.

— Jeanne ! C'est une question de vie ou de mort !

Comme il tirait de sa poche un petit revolver, elle eut peur [illegible]

— Remettez ce pistolet dans votre poche, [illegible] vous faire mal, si, par hasard, il est chargé.

— Oui, il est chargé ! Il y en a pour nous deux !

Jeanne porta une main en avant, [illegible] défendant sa vie, elle se [illegible] au-devant [illegible] second coup de feu lui traversa la main droite. Au [illegible] chancela, portant la main gauche à sa poitrine [illegible] les deux bras étendus, sa main [illegible] de larges gouttes vermeilles. Elle essaya de [illegible]

Mais la vie s'en allait.

Elle voulut appeler : une gorgée de sang empourpra ses lèvres. Alors, pâle, les paupières abaissées, elle tomba à la renverse, en travers du divan.

Stéphen Beauval, dans un nuage transparent, restait pétrifié.

Un bruit de pas le rappela à sa situation. Et, deux hommes, le docteur Castagnac et Duvernel, apparaissant à la porte du grand salon, il s'enfuit par le salon d'attente.

Le médecin, aussitôt entré, s'était penché sur le corps inanimé de la Doria.

Fernand, d'un mouvement spontané, se jeta à la poursuite du meurtrier.

Avant qu'il n'eût franchi la porte donnant sur l'antichambre, une nouvelle détonation éclatait. Il arriva pour voir Stéphen tomber lourdement, tout d'une pièce, la tempe trouée par un coup de revolver.

Trois inconnus avaient pénétré à la suite de Fernand et du docteur. C'étaient trois jeunes gens élégants et de mine distinguée. Ils se découvrirent.

Silencieux, ils contemplaient avec une curiosité discrète mêlée d'horreur la scène duu drame.

— Fermez les portes, évitons l'invasion de la foule, dit le vieux savant, qui, après être allé dans l'antichambre s'assurer que pour Beauval il n'y avait rien à faire, se mit à bander provisoirement les plaies de Jeanne Dorius.

— Il faudrait prévenir le commissaire de police, envoyer chez moi demander une trousse, appeler un de mes confrères.... dit-il en indiquant du geste qu'il ne voulait pas abandonner la moribonde.

Un des trois jeunes hommes offrit ses services. Son exemple fut suivi par les deux autres. Ils partirent.

Tante Lise disparut en même temps que les jeunes gens inconnus.

Le vieux médecin, Henriette et Fernand restèrent un long temps silencieux.

Les lettres de Fernand, retirées du corsage de Jeanne pour le pansement, étaient tombées sur le tapis. Un peu de sang les maculait.

M. Castagnac se baissa, les prit : et, rompant enfin le silence :

— Ces papiers doivent avoir pour la blessée une grande importance, dit-il, comme pour demander conseil, ne sachant ce qu'il devait en faire.

Duvernel, d'une voix mal assurée :

— Placez-les... près d'elle.

Le docteur n'avait rien remarqué de l'angoisse de Fernand.. Il répondit :

— Parfaitement. Quand elle aura repris connaissance, nous verrons.

Ayant saisi le poignet de la Doria, il compta les pulsations.

— La syncope touche à sa fin, dit-il.

Fernand comprit.

— Retirons-nous, dit-il.

Il entraînait sa femme vers le grand salon et soulevait la portière, quand une voix faible, voilée se fit entendre.

— Fernand...

D'un regard, Duvernel interrogea Henriette.

D'un geste, la jeune femme, songeant que c'était une mourante qui appelait, engagea elle-même son mari à retourner sur ses pas. Elle se retira.

— Vous êtes là... Je le savais bien !...

— Ma chère enfant, lui dit le vieux médecin en se penchant sur elle, s'autorisant de ses cheveux blancs pour prendre ce ton paternel, il faut parler le moins possible.

— Quand donc parlerais-je ? souffla-t-elle Je vais mourir !

— Là ! Là ! Voyez-vous ça ! protestait le docteur avec bonhomie.

— Merci ! dit-elle.

Puis, à Fernand, lui montrant les lettres, d'un abaissement de paupières :

— Pourquoi ne les avez-vous... pas prises ! reprocha-t-elle, luttant contre l'anhélation. Prenez-les..

Comme il ne bougeait pas :

— Prenez-les, je... le veux !... Elles doivent... comme moi... disparaître.

— Jeanne !... laissa échapper Duvernel.

Mais il ne prenait pas les lettres.

Jeanne alors adressa au docteur une muette prière, qu'il comprit.

Et, quand elle vit, en tournant faiblement la tête, la flamme du foyer engloutir ces témoignages d'un amour funeste et condamné, mais où tenait toute sa vie :

— Un peu de moi, déjà... s'en est allé... avec... dit-elle, souriant d'un pâle sourire.

Elle reprit, après une pause :

— Mourir ne serait rien... Mais, mourir... détestée !... On ne sait pas... en pleine vie.. ce que c'est... que la mort. Si l'on savait, on serait... meilleur.

— Elle est là ! s'écria Duvernel.

— Oh ! si vous pouviez !... ajouta-t-elle

Elle haletait, comme si l'air eût manqué. Le docteur Castagnac, rachetant l'impuissance de son art par un dévouement d'humble garde-malade, s'empressait autour d'elle. Il alla à la croisée qu'il ouvrit.

Duvernel, qui était sorti, ramenait Henriette. Celle-ci s'arrêta, chancelante, à quelques pas du lit de mort.

Jeanne murmura :

— Vous me demandiez pardon... tout à l'heure... A mon tour, je vous le demande...

Dans l'entrée, des pas s'étant fait entendre, Henriette se rejeta en arrière.

La porte s'ouvrit et tante Lise parut. Elle s'approcha de la mourante, se pencha sur elle et lui parla tout bas

Dans le cadre de la porte restée ouverte, s'enlevant en noir sur le clair-obscur du salon d'attente, un prêtre, tête nue, se tenait à l'écart, prêt à apparaître.

Bientôt tante Lise se redressait ; et, parlant au prêtre, que maintenant Jeanne Dorius attendait, le visage rasséréné :

— Retirons-nous, dit-elle, voici le représentant de celui qui pardonne toujours..

Deux ans ont passé sur ce drame, et depuis deux ans Jeanne Dorius est oubliée.

D'un commun accord, Henriette et son mari ont repris leur existence casanière de petits bourgeois, tout à la vie de famille. Le « monde » les attire moins que jamais.

« Morte la bête, mort le venin », a dit le grand constructeur en apprenant les coups de revolver de la rue La Boëtie. Et comme il lui en coûtait d'abandonner la direction de ses journaux et de renoncer à sa prochaine candidature, il a vu avec joie la possibilité de retrouver en son gendre, « délivré de l'ensorceleuse », le collaborateur précieux à qui il devait de pouvoir, tout en ménageant ses soixante-cinq ans sonnés, maintenir la maison Laguillermie au premier rang des maisons de construction de France.

Fernand Duvernel a repris ses travaux, et M. Laguillermie sa politique — chacun satisfait de son lot.

L'établissement de la rue de Rennes est plus florissant que jamais.

Au 14 juillet dernier, le grand constructeur-mécanicien a été élevé à la dignité d'officier de la Légion d'honneur. Et il paraît que Fernand Duvernel sera fait chevalier en janvier prochain — c'est Toussaint qui le dit, et Toussaint n'avance rien dont ne soit sûr son vieux patron.

Fernand parviendra-t-il alors à se persuader qu'il est un parfait homme, un homme d'honneur ?

Tante Lise, heureuse du bonheur de sa nièce, ne demande plus qu'à vivre de longues années encore, entre son grand homme de frère et sa *Liette*.

Fernand est heureux. Il enveloppe sa femme et ses enfants de son amour. Il travaille beaucoup. Il oublie...

FIN

62693-11. — Imprimerie de la Bourse de Commerce (G. BUREAU), 35, rue J.-J.-Rousseau, Paris.

www.ingramcontent.com/pod-product-compliance
Ingram Content Group UK Ltd.
Pitfield, Milton Keynes, MK11 3LW, UK
UKHW022140170726
13837UKWH00004B/1686